Bernicia Schröder

Sara Síth

–

Die Wächterin

Bernicia
lebt mit ihrer Familie im Land Brandenburg. Im
Alter von 10 Jahren begann sie zu schreiben.
Sie war 2012 Preisträger beim
Schreibwettbewerb
Bücher verändern die Welt.
sara.sith@t-online.de

BERNICIA SCHRÖDER

SARA SÍTH

—

DIE
WÄCHTERIN

Bibliografische Information der Deutschen Nationalbibliothek:
Die Deutsche Nationalbibliothek verzeichnet diese Publikation in
der Deutschen Nationalbibliografie; detaillierte bibliografische
Daten sind im Internet über http://dnb.dnb.de abrufbar.

© 2017 Bernicia Schröder
Umschlagdesign: Alicius Schröder
Herstellung und Verlag: BoD – Books on Demand,
Norderstedt
ISBN: 978-3-746061078

Geburtstag

Frau Síth trug den großen Kuchen in das fröhlich geschmückte Esszimmer.

„Los, ein Ständchen!", rief Herr Síth heiter und stimmte „Happy Birthday" an. Alle fielen lachend mit ein.

Als sie zu Ende gesungen hatten, sagte Frau Síth: „Jetzt puste endlich die Kerzen aus, Sara, bevor das Wachs auf den guten Kuchen tropft."

Sara holte tief Luft, brauchte aber zwei Versuche, bis alle vierzehn Kerzen ausgeblasen waren.

Alle klatschten und lachten und auch Sara lächelte.

Frau Síth schnitt den Kuchen an und legte jedem ein Stück auf den Teller.

Nachdem der Geburtstagskuchen gegessen war, gingen die Kinder, Daniel, Fajé, Tobias und Sara, ins Wohnzimmer hinüber, wo auf einem kleinen Tisch in buntes Papier verpackte Geschenke lagen.

„Hier!", sagte Daniel und reichte Sara sein Geschenk. Sara riss das Papier langsam auf. Im Innern lag eine kleine Glaskugel.

„Ist das eine richtige Wahrsagekugel?", fragte Sara überrascht.

Daniel grinste. „Leider nicht. Das ist ein ganz normaler Kristall. Ich habe ihn in einem Second-Hand-Shop gefunden. Aber er sieht doch fast wie echt aus, oder?"

„Fast", sagte Sara lächelnd und legte die Kugel zurück auf den Tisch.

„Jetzt musst du meins öffnen!", rief Fajé und flatterte vor Freude ein Stückchen in die Höhe.

Gerade als Sara das Geschenk aufmachen wollte, läutete die Türglocke.

„Ich geh schon", rief Frau Síth aus dem Esszimmer herüber und man hörte ihre

Schritte auf dem Flur und dann das Klicken der Tür. Leise Stimmen drangen durch die nur angelehnte Wohnzimmertür, aber Sara kümmerte sich nicht weiter darum, sondern fuhr fort, das Geschenk auszupacken.

Bis ihre Mutter herüberrief: „Komm mal bitte her, Nereida."

Schon als Sara diesen Namen hörte, wusste sie, dass nichts Gutes vor der Tür stehen konnte. Trotzdem ging sie durch den Flur zur Haustür und Daniel, Tobias und Fajé folgten ihr unaufgefordert.

Sara hatte mit ihrer schlechten Vorahnung recht gehabt: Im Türrahmen standen die Fünf Großen Síth, der Rat.

„Was wollen die denn hier?", fragte Sara ihre Mutter mit unverhohlener Abweisung.

Marates, der Größte der Ratsmitglieder, tat einen Schritt nach vorne, wie immer, wenn er das Wort erhob.

„Nereida, du bist heute auf den Tag genau alt genug, um auf die Wächter-Akademie zu gehen und dort als Wächterin ausgebildet zu werden."

„Als was?", fragte Sara.

„Als Wächterin der Síth", wiederholte Marates. Hätte Sara sein Gesicht unter der Kapuze sehen können, hätte sie eines seiner seltenen Lächeln bemerkt, aber keiner sah es.

Auch Herr Síth war in den Flur getreten und sah mit Erstaunen, wer die unerwarteten Gäste waren.

Von ihrem Vater hatte Sara die Síthseite geerbt, aber auch er war nur ein Halbsíth. Die andere Hälfte war menschlich.

„Sara darf auf die Akademie?", fragte er überrascht, aber offensichtlich auch erfreut, nachdem er begriffen hatte, worum es ging.

Normalerweise war es nur vollkommen reinen Síth gestattet, die Akademie zu besuchen, und das war Sara ganz und gar nicht. Sara Feé Nereida Síth war zwar eine Síth, aber auch eine Nereide, Fee, Rusalka und ein Mensch.

Deshalb hatte er nicht damit gerechnet, dass der Rat wie bei jedem reinen Síth, der vierzehn Jahre alt wurde, vor der Haustür auftauchte, um die Nachricht zu überbringen.

„Ja", sagte Marates. „Der Rat hat beschlossen, dass Nereida die Akademie besuchen darf, obwohl sie keine reine Síth ist."

Sara blickte von einem Erwachsenen zum nächsten. „Was ist das für eine Akademie? Und warum soll ich dort hingehen?"

Fularek, der Jüngste des Rates, erklärte: „Die Akademie der Síth ist eine Schule, ein Internat, in dem Síth zu Wächtern ausgebildet werden. Die Wächter achten später auf die Einhaltung aller Gesetze und die Geheimhaltung der Síth. Und nur wer die Akademie abgeschlossen hat, darf sich um einen Ratssitz bewerben. Wir alle", er breitete seine Arme in Richtung der anderen Ratsmitglieder aus, „waren auf der Akademie."

„Aber ich bin keine reine Síth. Warum soll ausgerechnet *ich* dort hingehen?", fragte

Sara immer noch genauso sehr verwirrt wie vor Fulareks Rede.

Nun erhob sich Jaftalaks raue Stimme: „Wie schon vorher gesagt: Der Rat hat beschlossen, dass du ausnahmsweise auch zur Síth-Akademie darfst. Als eine Art ‚Testkandidat‘. Das ist für dich ein Privileg, das dir als erstem unreinen Síth gestattet wurde."

„Du musst schon heute mit uns kommen. Die Wächter-Akademie fängt noch heute an", sagte Estejek und öffnete die Haustür.

Bevor Sara auch nur irgendwelche Einwände erheben konnte und bevor sie jemand nach ihrer Meinung fragte, fasste Eneroi sie am Ärmel und im nächsten Moment waren alle sechs verschwunden.

Herr und Frau Síth taten nichts, um sie aufzuhalten. Sie quollen fast über vor Glück, dass ihre Tochter auserwählt wurde, auf die Wächter-Akademie zu gehen.

„Toller Geburtstag", sagte Daniel sarkastisch und Tobias dachte in diesem Moment genau dasselbe.

Akademie

Alles um Sara herum wirbelte durch die Luft und auch sie selbst wirbelte, aber schon im nächsten Augenblick hatte sie wieder festen Boden unter den Füßen und stand auf einer saftig grünen Wiese. Auch wenn diese Reise nur einen Bruchteil von Sekunden gedauert zu haben schien, war Sara ziemlich klar, dass sie sich nicht mehr in Deutschland befand. Tief in ihr breitete sich das Gefühl aus, als sei sie nach langer Zeit wieder zu Hause. Und dann begriff Sara, *wo* sie war. Ja, sie war tatsächlich wieder zu Hause. Sie war zu Hause in Schottland.

Um sie herum war überall Wald und am Horizont zu ihrer Rechten erspähte sie Berge.

Erst jetzt bemerkte Sara, dass sich auch noch weitere Personen auf der weiten Wiese befanden – zwei Frauen und zwei Männer standen ein Stück weiter abseits und gingen nun auf Sara und den Rat (der auch immer noch da war) zu.

Die ältere der beiden Frauen, mit langen, blonden Locken und weit auseinanderstehenden, blauen Augen, wandte sich sogleich an Marates und sagte mit fester, strenger Stimme: „Ihr seid die Ersten, aber die restlichen sieben müssen auch jeden Augenblick eintreffen."

Genau in diesem Moment ertönten zwei leise *Puffs* und sechs weitere Leute erschienen.

Von der einen Seite kamen ein Mann und eine Frau, beide eindeutig Síth, und zwischen ihnen ging ein Mädchen, das so alt wie Sara zu sein schien. Es hatte braunes, schulterlanges Haar und ihr langer, schräger Pony war grün gefärbt. Das Mädchen blickte sehr missmutig drein.

Von der anderen Seite her kamen zwei männliche Síth und auch zwischen ihnen lief ein Kind. Ein Junge, dem sein langer, dunkelblonder Pony ins Gesicht fiel und dessen hübsches Gesicht ein breites Lächeln zierte.

Sara hatte kaum Gelegenheit, die ersten beiden Kinder genauer zu betrachten, da puffte es schon wieder und eine Frau in Begleitung eines schlanken, aber sehr kleinen Mädchens mit hüftlangem, blonden Haar und einer Unmenge von Sommersprossen erschien.

Die vier Síth, die schon gewartet hatten, gingen von einem Neuankömmling zum nächsten und begrüßten jede Gruppe.

Schließlich kam auch noch ein Síth, zusammen mit einem Jungen mit rotbraunem Haar und einem sehr kantigen Gesicht.

Längere Zeit geschah nichts mehr und alle standen nur stumm auf der Wiese. Dann kamen mit einem Puff eine Frau und ein Mann, diesmal von gleich zwei Kindern begleitet. Ein Mädchen und ein Junge. Sie hatten beide das gleiche strenge und verschlossene Gesicht und die gleichen langen, roten Locken. Das Mädchen trug ihr Haar offen, der Junge seines zu einem Pferdeschwanz zusammen gebunden. Die beiden sahen sich so ähnlich, wie es bei Geschwistern nur möglich war.

Wieder geschah eine Weile lang nichts, aber die Erwachsenen schienen noch eine weitere Gruppe zu erwarten.

Zuletzt kamen dann auch noch ein Mann und ein asiatischer Junge auf die Wiese. Der Junge hatte pechschwarzes, glänzendes Haar und Augen, so dunkel wie Kohlen.

Die vier Síth, die gewartet hatten, verneigten sich vor allen, wie es bei den Síth die höfliche Begrüßung war. Vor den Ratsmitgliedern wurde sich etwas tiefer gebeugt.

Als alle da waren, verteilten sie sich automatisch auf drei Haufen: Die Kinder, die erwartungsvoll dreinblickten, standen in der Mitte, die Begleiter etwas abseits und der Rat zusammen mit den vier Síth hatte sich vor den Kindern aufgestellt.

Die blonde Frau vom Anfang ergriff nun wieder das Wort: „Mein Name ist Catarina und dies sind Meio, Loy und Iba", stellte sie sich und ihre drei Begleiter vor. „Wir heißen euch hier an der Wächter-Akademie willkommen."

Die acht Kinder verneigten sich höflich vor Catarina.

Es entstand eine kurze Pause, die nur durch neun Puffs durchbrochen wurde, als die Síth, die sie begleitet hatten, wieder verschwanden.

Catarina fuhr fort: „Ihr seid, wie ihr wisst, hier, um in allen für die Síth wichtigen Dingen ausgebildet zu werden. Der Unterricht fängt morgen an. Weiteres erfahrt ihr heute beim Abendessen. Die Mädchen werden die Woche über dort wohnen", sie zeigte auf den Eingang zu einer unterirdischen Höhle, wie die Síth früher zu wohnen pflegten. „Und die Jungen wohnen dort", sie deutete auf einen weiteren Eingang. „In den Höhlen werdet ihr eure Kleidung vorfinden, die ihr ab sofort tragen müsst. Eure persönlichen Sachen werden auch bald hier ankommen."

Mit diesen Worten drehte sie sich um und verschwand zusammen mit den drei anderen Lehrern und den fünf Ratsmitgliedern in einer weiteren unterirdischen Höhle.

Zwischen den acht Kindern brach Gemurmel aus und schließlich verschwanden die vier Mädchen in der einen und die vier Jungen in der anderen Höhle.

In der Mädchenhöhle erblickte Sara vier schmale Feldbetten, auf denen jeweils eine dünne, graue Tagesdecke lag. Am Fuße eines jeden Bettes stand eine kleine Holztruhe, auf der ein Stapel Kleidung lag.

Das kleine, blonde Mädchen ging zu einer Truhe hinüber und entfaltete zuerst einen langen, olivgrünen Rock und dann einen dunkelgrünen Pullover.

„Hübsche Farbe", kommentierte das Mädchen mit den grünen Haaren und strich sich den Pony aus den Augen.

„Ich denke mal, dass das hier unsere neuen Kleider sind", stellte das blonde Mädchen fest und begann, sich sogleich umzuziehen. Die anderen Mädchen taten es ihr nach und überraschenderweise passten sie jedem von ihnen perfekt, ohne dass sie erst lange anzuprobieren brauchten.

Nachdem sich auch Sara den weichen Pullover über den Kopf gezogen hatte, sah sie sich in dem kleinen Raum um.

„Hier sind keine Schuhe", stellte sie fest. „Sollen wir einfach unsere eigenen anbehalten?", fragte sie und blickte auf ihre eigenen, grasbefleckten Turnschuhe hinab.

„Es gibt keine Schuhe", sagte das rothaarige Mädchen. „Die Schüler tragen keine Schuhe, nur die Lehrer."

Die anderen waren schon dabei, ihre Schuhe abzustreifen, aber Sara zögerte noch. Sie trug immer Schuhe, damit niemand ihren Ziegenfuß sah, das Zeichen dafür, dass sie eine Nereide ist.

Andererseits waren das alles hier Síth und deshalb an magische und unnatürliche Dinge gewöhnt. Sie würden das doch mit Sicherheit verstehen. Oder etwa doch nicht?

Bevor Sara eine Entscheidung treffen konnte, betraten die vier Jungen unangekündigt die Höhle der Mädchen. Auch sie hatten sich schon in ihren neuen, olivgrünen Hosen und dunkelgrünen Pullovern eingekleidet.

„Hallo, Mädels!", rief der Junge mit dem ewig breiten Lächeln. „Kommen wir ungelegen?"

Ohne eine Antwort abzuwarten, setzte er sich auf eines der Betten.

„Ich bin Ned", sagte er.

„Das sehen wir", sagte das Mädchen mit dem grünen Pony sarkastisch. „Wirklich sehr nett, hier einfach hereinzuplatzen."

„Nicht ‚nett'. Ich heiße Ned. Mit D", berichtigte Ned sie.

„Und ich heiße Ivar", sagte der Junge mit dem kantigen Gesicht. Er sprach mit einem leichten russischen Akzent.

„Das mit dem D hab ich schon kapiert", sagte das Mädchen mit dem grünen Pony, ein wenig beleidigt. „Und mein Name ist Gerlis."

„Ein hübscher Name, *Lissy*", witzelte Ned und Gerlis funkelte ihn böse an.

Das kleine Mädchen stellte sich als Lucienne vor und betonte gleich zu Anfang, dass sie es hasste, wegen ihrer geringen Körpergröße aufgezogen zu werden.

Nach ihr stellte sich auch Sara vor. Sie nannte nur ihren Namen Sara, obwohl alle Síth sie mit Nereida ansprachen.

Danach sagte das rothaarige Mädchen: „Ich heiße Gwen." Sie deutete auf den rothaarigen Jungen. „Und das ist mein Bruder Fynn."

Ned zog eine Augenbraue hoch. „Iren?", fragte er.

„Ja, Herr Alleswisser", entgegnete Gwen schnippisch. „Und du selbst bist auch ein Ire, wie mir scheint. Also wozu der Spott?"

Ned zuckte mit den Schultern. „War nur 'ne Feststellung."

„Und wie heißt du, Chinese?", fragte Gerlis den asiatischen Jungen.

„Yu-On", entgegnete dieser knapp.

„Yu-On?", wiederholte Gerlis. „Wie kann es sein, dass ein Chinese ein Síth, ein *schottischer* Elb, ist?", fragte sie herablassend.

„Wieso sollte ein Síth kein Chinese sein dürfen?", fragte der Junge, ohne eine Miene zu verziehen, zurück.

Gerlis strich sich schwungvoll den Pony aus dem Gesicht. „Weil du, wenn du ein Chinese bist, auch nur ein unreiner Síth sein kannst."

„Woher willst du das wissen?", fragte Yu-On immer noch ruhig. „Hast du eine Bestätigung dafür, dass es nur in Europa Síth gibt? Nein? Dann tu nicht allwissend und zieh keine voreiligen Schlüsse."

Gerlis setzte zu einer Antwort an, aber einer der Lehrer betrat die Höhle. Es war der jüngere der beiden Männer, derjenige, der Loy hieß. Er hatte wirres, blondes Haar, eine scharfe Nase und freundliche Augen.

In jeder Hand trug er einen Koffer.

„Ach hier seid ihr, Jungs", sagte er mit einem Blick auf Ned und die anderen. „Hätt' ich mir aber eigentlich denken können. Die heutige Jugend muss ja auch immer gleich flirten." Er zwinkerte Gwen zu, die ihm am nächsten stand. (Gwens Miene blieb aber unbewegt.) „Na, wie dem auch sei, hier sind eure Koffer." Loy stellte die beiden Taschen auf den Boden und verschwand dann noch einmal kurz, um die restlichen zwei zu holen.

„Und außerdem soll ich euch ausrichten, dass, wenn ihr einen lauten Gong hört, zum Essen kommen könnt. Und zwar in der gegenüberliegenden Höhle, vierte Tür rechts."

Loy verschwand, genauso stürmisch, wie er gekommen war.

Ned stand auf und machte Anstalten, die Höhle zu verlassen.

„Wir gehen dann auch mal auspacken", sagte er. Die anderen Jungen folgten ihm ohne weitere Worte. Nur Yu-On warf Gerlis zuletzt noch einen vernichtenden Blick zu, so hart wie Stein.

Sara entdeckte unter den Taschen, die der Lehrer hereingebracht hatte, ihren eigenen verbeulten Rucksack wieder. Denselben, den sie auch auf ihrer letzten Reise, quer durch

Deutschland und immer Melanie hinterher, dabeigehabt hatte.

Sara trug den Rucksack zu einem der Betten, welches sie nun als *ihres* betrachtete, und machte sich daran, den Inhalt genauer zu inspizieren.

Ganz oben in der Tasche lag eine warme Jacke, die sie versäumt hatte, mitzunehmen. Dann nahm sie ein schon etwas abgegriffenes Buch heraus, das eindeutig aus Daniels Bücherregal stammte. Auch ein kleiner Stapel Kleidung war dabei, vermutlich von ihrer Mutter eingepackt.

Ganz auf dem Grund aber lag noch eine kleine quadratische Schachtel, um die grün-rot-gemustertes Geschenkpapier gewickelt war.

Sara glaubte, sich daran erinnern zu können, dass dieselbe Schachtel schon auf ihrem Geburtstagstisch gelegen hatte.

Sie riss langsam das Papier auf. Darunter befand sich eine ganz gewöhnliche Pappschachtel. Sara öffnete auch die Pappschachtel und darin wiederum befand sich eine Kugel.

Die kleine Glaskugel saß auf einem runden Sockel, der mit Muscheln, Seetang, Steinen und anderen Dingen, die man am Meer fand, verziert war. In der Kugel saß eine bronzene Fischfigur auf einem grauen Stein. Der Fisch hatte silberne Flossen und auf seinem Kopf trug er ein goldglänzendes Krönchen.

Die Glaskugel war mit Wasser gefüllt und der Boden war mit blauem Glitzerstaub bedeckt, wie bei einer Weihnachtskugel.

Auf der Rückseite des Sockels entdeckte Sara einen Spieluhrschlüssel und sie zog ihn auf.

Der Fisch begann, sich auf seinem Stein zu drehen, und dazu erklang eine langsame, leise und traurige Spieluhrmusik.

Sara wusste sofort, wer ihr dies geschenkt hatte. Nur Tobias liebte und hasste das Meer und diese traurige Melodie. Es war das

Lied, das ihm seine Mutter als Kind vorgesungen hatte; das hatte Daniel Sara erzählt, aber nun hörte sie das Lied mit eigenen Ohren und es war wunderschön.

„Was ist das denn?" Lucienne war unbemerkt hinter Sara aufgetaucht und blickte ihr neugierig über die Schulter.

„Eine Spieluhr, wonach sieht's denn sonst aus?", entgegnete Sara.

Sara ließ die Kugel zurück in ihren Rucksack gleiten, damit die Musik nicht mehr zu hören war, und streckte sich auf ihrem Bett aus. Links von ihr, direkt an der Tür, packte Gerlis ihre Sachen aus. Das Bett rechts von Sara hatte sich Lucienne genommen und ganz hinten, am anderen Ende des Raumes, machte es sich Gwen gemütlich.

„Du hast deine Schuhe noch an", bemerkte Lucienne plötzlich.

Sara richtete sich im Bett auf. „Äh, ja?", stammelte sie. Danach, wie Gerlis bei Yu-On reagiert hatte, nur weil die *Möglichkeit* bestand, dass er ein Halbsíth sein könnte, haderte Sara wieder sehr damit, dass sie ihre Schuhe ausziehen sollte.

„Bevor du zum Essen gehst, musst du sie aber ausziehen, sonst bekommst du Ärger", sprach Lucienne weiter.

„Bestimmt hat Sara schrecklich entstellte Füße", lachte Gwen.

„Woher weißt du das?", fragte Sara.

Gwens Lächeln erstarb. „Das sollte doch nur ein Witz sein."

Lucienne legte Sara aufmunternd eine Hand auf die Schulter. „Macht doch nichts! Wir lachen dich deswegen doch nicht aus. Und wenn die Jungs sich drüber lustig machen, werden wir denen zeigen, dass wir Mädchen auch zuschlagen können."

„Das geht schon in Ordnung", sagte nun auch Gerlis und Sara dachte, dass sie sich in Gerlis vielleicht doch getäuscht hatte.

Sara band den Schnürsenkel ihres rechten, des normalen, Fußes auf. Dann öffnete sie langsam den linken Schuh. Alle schienen nur auf ihre Füße zu starren. Sie zog den Schuh ganz vom Fuß und entblößte den Ziegenhuf.

„Also, *entstellt* ist, glaub ich, doch noch etwas anderes als das hier", bemerkte Gwen. „Ist deine Mutter eine Ziege? Und das soll auch nur ein Witz sein, deswegen will ich lieber keine Antwort haben."

Gerlis' Gesicht wurde wütend. „Ihre Mutter ist keine Ziege, aber eine Nereide."

Lucienne guckte überrascht. „Soll das etwa heißen, dass du, Sara, eine Halbsíth bist?"

Sara lief im Gesicht rot an. „Eine Fünftelsíth, um genau zu sein. Aber, ist das denn so schlimm? Marates hat gemeint, dass das kein Problem ist."

„Marates? Der Oberste des Rates?", fragte Gwen.

Bevor Sara antworten konnte, sagte Gerlis: „Und ob das schlimm ist! Die Akademie ist nur für reine Síth. Durch solche wie dich werden die Síth immer weniger. Und ein anderer, reiner Síth kann wegen dir nicht seinen rechtmäßigen Platz an der Akademie einnehmen."

„Woher willst du das denn wissen?", fragte Lucienne. „Vielleicht waren wir nur zu dritt und deswegen wären es zu wenige gewesen und Sara ist hier, weil …"

„Ach, quatsch!", fuhr Gerlis ihr ins Wort. „Sie gehört nicht hierher. Ich werde mit Catarina sprechen. Das können die doch nicht durchgehen lassen."

„Spar dir das, Petze", sagte Gwen. „Wenn Marates persönlich sie hergeschickt hat, wird er dafür wohl auch seine Gründe gehabt haben und Catarina weiß längst alles."

Gerlis wollte schon wieder weiterstreiten, aber der laute Gong zum Essen ertönte und Sara nutze die Chance, um schleunigst die Höhle zu verlassen.

1. Zwischenspiel

– Kurz zuvor –

„Bist du dir sicher, dass das gut gehen wird?", fragte Catarina.

„Ich habe vollstes Vertrauen in Nereida", entgegnete Marates.

Die vier Lehrer und fünf Ratsmitglieder saßen an einem langen Tisch in einem der Höhlenräume.

„Ich spreche nicht davon, dass Nereida die Akademie nicht schaffen könnte, sondern von den anderen Schülern." Catarina runzelte zweifelnd die Stirn. „Wie werden *sie* reagieren?"

Marates zuckte unbekümmert die Achseln. „Wie sollen sie schon reagieren?"

Catarina sprang aufgebracht von ihrem Stuhl auf. „Stell dich nicht dumm, du weißt genau, was ich meine, Marates!"

„Ja", sagte Marates beruhigend. „Ich hatte anfänglich natürlich dieselben Bedenken. Aber was sollen wir anderes tun?"

„Sie nicht hinschicken", mischte sich Jaftalak ein.

„Warum sollten wir Nereida die Akademie vorenthalten?", fragte Loy.

„Weil sie keine Síth ist!", rief Jaftalak wutentbrannt.

„Ruhe!", übertönte Meio alle. „Seid ruhig! Wir können, was geschehen ist, nicht mehr ungeschehen machen. Nereida ist bereits hier. Es wäre unfair, sie jetzt wieder zurückzuschicken, wo ihr, Marates, doch gesagt habt, sie darf kommen."

Iba nickte zustimmend.

„Zu meiner Zeit an der Akademie hätte es so etwas nicht gegeben", fuhr Meio fort. „Doch warum sollen wir uns vor allem Neuen verschließen? Ich bin dafür, dass Nereida bleiben soll, als ein Probekandidat."

Eine kleine Pause entstand, dann fügte Meio noch hinzu: „Aber diese Entscheidung liegt nicht bei mir. Nur Marates, der Oberste des Rates, und Catarina, unsere oberste Lehrerin, können diese Entscheidung treffen."

Marates und Catarina warfen sich einen kurzen Blick zu.

Dann sagte Marates: „Nein, wir sollten alle gemeinsam darüber abstimmen."

„Das führt doch alles zu nichts!", fuhr Jaftalak dazwischen.

„Lass uns erst das Ergebnis sehen", sagte Estejek.

Meio, Iba, Fularek und Estejek erhoben sofort ihre Hand. Dann auch Loy und Eneroi. Und schließlich auch Marates und Catarina. Nur Jaftalak hob nicht den Arm.

„Ich bin dagegen!"

„Sieh es endlich ein, Jaf", sagte Marates. „Du wurdest überstimmt. Du musst es so hinnehmen."

Jaftalak blieb daraufhin stumm. Er wusste, wann es nichts mehr brachte zu argumentieren.

Marates stand auf. „Es ist Zeit für das Abendessen. Und Zeit, dass wir gehen."

Auch Estejek, Fularek, Eneroi und Jaftalak erhoben sich und gingen hinaus vor die Höhle.

Marates verbeugte sich vor den Lehrern. Zuletzt drückte er Catarina einen Kuss auf die Stirn und sagte leise: „Wir sehen uns nächstes Wochenende."

Dann verließ auch er die Höhle.

Loy folgte ihm hinaus und schlug einen lauten Gong auf der Lichtung an.

1. Tag

Sara ging von ihrer Höhle aus zu der, die zwischen Mädchen- und Jungenhöhle lag. Von der anderen Seite her kamen die vier Jungen angetrottet. Ned und Yu-On waren in eine hitzige Diskussion verwickelt.

„Ich sage die Wahrheit!", rief Yu-On gerade.

„Das ist doch Quatsch! Es gibt keine Drachen mehr. Sie wurden alle umgebracht."

Bei dem Wort *Drachen* wurde Sara hellhörig.

„Was soll mit Drachen sein?", fragte sie.

Die Jungen, die sie vorher gar nicht bemerkt hatten, sahen zu ihr hinüber.

„Ned will mir nicht glauben, dass es Drachen gibt!"

„Früher gab es sie ja vielleicht mal, aber ..."

Sara unterbrach Ned: „Aber Yu-On hat recht!"

Sie gingen die steinernen Stufen in die Höhle hinunter. Weiter hinter ihnen kamen auch die restlichen Kinder.

„Woher wollt ihr beide das so genau wissen?", fragte Ned.

Sara musste unwillkürlich grinsen, denn vor ihrem inneren Auge tauchte das Bild eines großen, braunen Drachen und eines Jungen mit einer auffälligen Narbe unter dem linken Auge auf.

„Ich weiß das daher so genau", sagte Sara immer noch grinsend, „weil ich einen persönlich kenne."

„Du spinnst doch", sagte Ned.

„Nein", sagte Sara, während sie durch die vierte Tür rechts trat. „Sobald ich kann, werde ich dich mit Udo bekannt machen. Aber im Augenblick weiß ich leider nicht, wo er oder Jo stecken."

Eigentlich wollte Ned auch noch fragen, wer Udo und Jo waren, aber so weit kam er nicht, denn in dem Raum standen die vier Lehrer.

Catarina stand in der Mitte und blickte mit so steinharter Miene auf die Kinder, dass alle augenblicklich verstummten.

„Wie schön", sagte Catarina, ohne auch nur zu zwinkern, „dass ihr alle hergefunden habt. Setzt euch bitte, wir wollen essen."

Und die Kinder verteilten sich um den langen Eichentisch herum. Die Lehrer saßen an einem zweiten Tisch, der wie das Dach eines Ts an der Stirnseite des ersten Tisches stand.

Zwölf Teller und Messer standen auf den Tischen. In der Mitte lagen Körbe mit geschnittenem Brot, Platten mit Wurst und Käse und Schüsseln mit einfachem Salat. Zu trinken gab es nur bitteren Tee.

Die Kinder setzten sich und Sara fand sich zwischen Lucienne zu ihrer linken und Yu-On zu ihrer rechten Seite wieder. Neben

Yu-On, nahe dem Lehrertisch saß Gerlis. Auf der anderen Seite der Tafel saßen Gwen, Ned, Sara gegenüber Ivar und ganz außen Fynn.

Meio nickte, das Zeichen, dass alle mit dem Essen anfangen durften.

Und Sara war auch sehr hungrig. Das letzte, was sie heute gegessen hatte, war ihr Geburtstagskuchen am Nachmittag gewesen. Wie viel Uhr war es jetzt? Draußen wurde es schon dunkel, also bestimmt schon nach 18 Uhr.

Eine Zeit lang wurde schweigend gegessen, bis Ned Ivar in ein Gespräch verwickelte.

Anfangs hörte Sara ihnen noch zu, doch irgendwann schweiften ihre Gedanken ab nach Hause. Ihre Eltern, Daniel und Fajé saßen jetzt bestimmt auch am Abendbrottisch. Wann würde sie eigentlich wieder nach Hause fahren dürfen? Das hatte niemand Sara gesagt.

Nach einer Ewigkeit, wie es Sara schien, als auch der Letzte zu Ende gegessen hatte, stand Catarina von ihrem Stuhl auf.

„Morgen früh wird für euch der Unterricht beginnen", sagte sie. „Meio wird euch einen Raum weiter erwarten. Ihr dürft jetzt zurück in eure Höhlen gehen. Gute Nacht!"

Die Kinder standen auf und verließen den Raum. Sie schlenderten noch ein Stück gemeinsam über die Lichtung, ehe sich Mädchen und Jungen trennten.

In der Höhle fing Gerlis augenblicklich damit an, Sara anzuschweigen. Und Sara ignorierte ihrerseits Gerlis.

Sie setzte sich auf ihr Bett und begann, in Daniels Buch zu lesen.

Gwen streckte sich auf ihrem Bett aus und lag nach einiger Zeit so reglos da, dass man denken konnte, sie schlafe mit offenen Augen. (Und vielleicht tat sie das ja auch.)

Gerlis stand wie angewurzelt in der Mitte des Raumes und Lucienne lief auf und ab, wobei sie jedes Mal einen Bogen um Gerlis machen musste.

Nette Gesellschaft!, dachte Sara. Wie lange musste sie es ab sofort mit diesen drei Mädchen in diesem winzigen Raum aushalten?

Nach einer Weile hielten es die Mädchen für spät genug, um ins Bett zu gehen. Sara legte das Buch zur Seite und zog sich ihre Decke über den Kopf.

Am nächsten Morgen wurden die Kinder von mehreren lauten Gongschlägen geweckt.

Es war noch sehr früh am Morgen. Es dämmerte gerade erst und auf der Wiese lag Tau, als die vier Mädchen hinüber zur großen Höhle gingen.

Der Raum neben dem Speisesaal glich beinahe einem ganz gewöhnlichen Klassenzimmer. Acht kleine Holztische und Stühle waren über den Raum verteilt. Vorne stand ein weiterer, einzelner Stuhl.

Doch der Raum war noch leer, keine Seele außer den Mädchen hatte sich bis jetzt blicken lassen.

„Sind wir zu früh?", fragte Lucienne, als sie zögerlich eintraten.

„Die anderen sind wohl eher zu spät", entgegnete Gwen und setzte sich an einen der Tische.

Zehn Minuten später betrat der ältere Lehrer, Meio, den Raum und ging vor zu dem einzelnen Stuhl.

Meio hatte graues Haar, das sich über der Stirn bereits stark lichtete, und einen kurzen, grauen Bart. Er schien mindestens 70 Jahre alt zu sein.

Nach weiteren fünf Minuten Schweigens, in denen alle nur auf ihren Stühlen saßen, fragte Meio: „Wo bleiben denn die anderen?"

„Keine Ahnung." Lucienne zuckte mit den Achseln.

„Mmm …", machte Meio. „Dann werden sie wohl verschlafen haben." Seine Augen funkelten listig. Dann rief er laut: „Loy!" und der jüngere Mann kam mit seiner hektischen Art in den Raum gestürmt.

„Ja, Boss?", fragte er.

Meio flüsterte Loy etwas ins Ohr, woraufhin Loy fröhlich grinsend wieder verschwand. Meio wartete weiter gelassen an seinem Platz.

Wenige Minuten später betraten die vier Jungen den Raum. Ihr Haar tropfte vor Nässe.

„Regnet es etwa draußen?", fragte Lucienne.

Ned warf ihr einen bösen Blick zu und fauchte leise: „Nein!", ehe er sich auf einen Stuhl fallen ließ.

„Nun gut", sagte Meio. „Dann können wir jetzt wohl endlich anfangen. Ich heiße Meio und werde euch in der Geschichte der Síth unterrichten. Außerdem werden wir die wichtigsten, hier in Europa vertretenen, Wesen durchnehmen."

Yu-On hob die Hand, um sich zu melden.

„Ja?"

„Nehmen wir auch Drachen dran?", fragte Yu-On.

„Ja. Allerdings nur für kurze Zeit. Über Drachen gibt es so viel zu berichten, dass man wohl niemals alles über sie lernen kann."

Ned meldete sich und fragte sogleich: „Dann sind Sie der Meinung, dass Drachen noch existieren?"

„Aber natürlich, mein Junge. Aber damit beschäftigen wir uns erst später.

Zuerst beginnen wir mit der ganz fernen Zeit, als es noch keine Síth in diesem Sinne gab. Die Síth entstanden durch die Vermischung der irischen Daoine Sídhe und der skandinavischen Trolle. Beide trafen sich in Schottland, weshalb das auch als die eigentliche Heimat der Síth gilt. Dabei gibt es auch Síth auf den Orkney- und Shetland-Inseln. Nur, dass sie dort den Namen Trows tragen. Trows ist eigentlich nur ein Überbegriff für verschiedene keltische Elben.

Aber jetzt beginne ich, zu weit auszuholen. Also die Daoine Sídhe und die Trolle kamen nach Schottland ..."

Eine Stunde lang erzählte Meio von Trollen und Elben, dann entließ er sie zum Frühstück. Danach gab es noch zwei Stunden Unterricht, dann Mittagessen. Danach wieder Unterricht, bis zum Abendessen. Nach all diesen Informationen über Síth dröhnte allen der Kopf.

Nach dem Abendessen bekamen sie wieder eine Anweisung für den nächsten Tag.

„Morgen wird euch Loy unterrichten. Er erwartet euch morgen früh auf der Wiese", sagte Catarina. „Und zwar pünktlich", setzte sie scharf hinzu.

Die Kinder standen von ihren Plätzen auf und trotteten zum Ausgang.

Beim Hinausgehen fragte Sara Yu-On, der neben ihr lief: „Was war heute früh eigentlich mit euch los?"

Yu-On grinste betreten. „Wir hatten verschlafen, weil wir wohl noch etwas zu lange gestern Abend Karten gespielt hatten … Jedenfalls hat Loy, um uns zu wecken, einen Eimer Wasser über uns ausgekippt …"

Beide fingen an zu lachen.

Sara grinste auch immer noch, als sie in das kleine Zimmer trat, was jetzt ihr Zuhause sein sollte. Ihre Freude verrauchte, als ihr Blick auf ihren Rucksack fiel und sie an die darin liegende Glaskugel und an Tobias dachte.

Nebenhandlung

Tobias war früh aufgestanden. Er hatte alleine frühstücken müssen, weil sein Vater nicht zu Hause war.

Dann ging er zur Schule. Es war nur eine kurze Strecke, die er schnell zu Fuß lief.

Tobias kam früher als sonst am Schultor an, aber Daniel war noch schneller gewesen. Er wartete schon eine ganze Weile dort, weil er Tobias hatte abfangen wollen.

„Sara kommt heute nicht", erklärte Daniel.

Tobias nickte. Das hatte er sich schon gedacht. „Wann kommt sie wieder?"

Daniel zuckte die Achseln. „Keine Ahnung. Aber Dad meint, dass sie fürs Wochenende nach Hause kommt."

„Kann ich dann auch zu euch kommen?", fragte Tobias.

„Ja, klar."

„Was soll ich Frau Radmühl sagen, warum Sara nicht kommt?"

„Am besten, du bleibst so nah wie möglich an der Wahrheit. Dass Sara die Schule gewechselt hat."

„Warum sollte sie das mitten im Schuljahr tun?", hinterfragte Tobias.

„Keine Ahnung. Denk dir einfach irgendetwas aus."

„Toll", sagte Tobias und verdrehte die Augen. Dann fuhr er mit seiner besten, aufgesetzten Lieb-Kind-Stimme fort: „Tut mir leid, Frau Radmühl, aber Sara kommt heute nicht, weil sie die Schule gewechselt hat, um sich von Síth unterrichten zu lassen. Und damit Sie nicht denken, ich wäre geisteskrank, mit *Síth* meine ich natürlich keine Figuren aus *Star Wars*, sondern real existierende, schottische Elben. Und Sara ist selbstverständlich auch ein solcher Elb."

„Ha ha, sehr lustig", sagte Daniel trocken. *„Das* meinte ich ganz sicher nicht mit *denk dir was aus*."

„Schon klar. Mir wird bestimmt noch was Besseres einfallen."

„Hoffentlich!"

Die Jungen trennten sich an der Schultür. Daniel ging nach links zur Turnhalle und Tobias ins Gebäude zu seinem Klassenzimmer.

Noch war der Raum wenig gefüllt, aber nach und nach kamen auch die übrigen Schüler. Als auch Frau Radmühl eingetroffen war, ging Tobias vor, um Sara zu entschuldigen. Er hatte genügend Zeit gehabt, um sich noch eine gute Erklärung einfallen zu lassen.

„Sara wird für die nächsten Wochen nicht kommen, weil sie zu einem Lernaustauschprojekt nach Schottland gefahren ist. Herr und Frau Síth werden Ihnen bestimmt noch einmal genauer Bescheid geben."

Frau Radmühl nickte und machte sich eine Notiz im Klassenbuch.

Tobias setzte sich zurück auf seinen Platz und starrte gedankenversunken auf die leere Bank eine Reihe weiter. Normalerweise saßen dort Sara und Tina.

Tina war seit zwei Wochen tot und Sara war weit weg.

Nach der ersten Stunde musste Tobias den Raum wechseln. Als er durch den langen Schulkorridor ging, rief plötzlich eine Stimme hinter ihm: „Hey, Algenkopf!"

Tobias drehte sich um und erblickte, wie erwartet, Jonas Meier. Früher waren die beiden Kumpel gewesen und hatten gemeinsam die schwächeren Schüler geärgert, darunter auch Sara. Doch seit fast einem halben Jahr, seit Tobias und Sara befreundet waren, wollte Jonas nichts mehr mit Tobias zu tun haben und Tobias hatte sich von der Clique losgesagt.

„Na, was ist? Wo ist deine kleine Freundin heute?"

„Halt doch den Mund!", rief Tobias zurück und versuchte, die Worte an sich abprallen zu lassen. Er wollte versuchen, sich zu beherrschen, denn er ging immer viel zu schnell an die Decke.

„Na, willst du wieder bei uns mitmischen oder bleibst du auf der Verliererseite der Mädchen?"

„Was willst du eigentlich?!", rief Tobias, obwohl natürlich klar war, was Jonas vorhatte. Er wollte ihn provozieren.

„Früher warst du ja fast normal, aber als die andere Verrückte dazukam, wurdest du wieder rückfällig."

„Lass mich einfach in Ruhe, okay?" Tobias stieß Jonas, der sich ihm in den Weg gestellt hatte, zur Seite. Jonas taumelte ein Stück zurück, trat dann aber wieder vor und versuchte, mit seiner Faust auf Tobias' Nase zu schlagen.

Tobias wich nach hinten aus und verpasste Jonas seinerseits einen Kinnhaken, der sehr wirkungsvoll traf.

Jonas schlug auch zurück und eine wilde Keilerei brach los.

Erst als zwei Lehrer dazwischen gingen, wurde die Prügelei unterbrochen.

Jonas hatte starkes Nasenbluten, ein Auge war blau und auch von seiner Lippe tropfte Blut. Er wurde von einem der Lehrer ins Krankenzimmer geleitet, während sich der andere Lehrer den unverletzten Tobias schnappte und ihn in das Zimmer der Direktorin brachte.

„Mal wieder Tobias Necker", sagte diese brummig und schob sich die Brille höher auf die Nase. „Das wievielte Mal haben wir nun schon das zweifelhafte Vergnügen?", fragte sie weiter.

„Das dritte", brachte Tobias mühsam heraus.

„Kennst du die Schulregeln?"

Tobias nickte. Er kannte sie auswendig, seit er sie ein paar Mal hatte abschreiben müssen.

„Dann weißt du wohl auch, dass es nach dem dritten Verstoß eine einwöchige Suspendierung gibt."

Tobias nickte wieder. Das hatte ihm die Rektorin schon bei den letzten beiden Malen erklärt.

„Dann hast du jetzt sieben Tage Zeit, darüber nachzudenken, wozu es nötig war, sich mit jemandem zu schlagen. Und ich werde mit deinem Vater sprechen."

Tobias stand auf und verließ den Raum der Direktorin, ging aus dem Schulgebäude hinaus und trottete nach Hause. Und er war sauer auf sich selbst, weil er wieder ausgerastet war.

Waffen

Als Sara diesmal vom Gong geweckt wurde und alle vier Mädchen hinaus auf die Wiese gingen, waren die Jungs schon da. Anscheinend hatten sie aus ihrer Lektion am Vortag gelernt.

Nur Loy, ihr heutiger Lehrer, fehlte noch.

„Wenn heute Loy verschlafen hat, werde ich erst lachen und suche mir dann einen Eimer Wasser", bemerkte Ned nach fünfzehn Minuten des Wartens.

„Wo schlafen eigentlich die Lehrer?", fragte Lucienne.

„In der Haupthöhle, wo sonst?", antwortete Fynn.

In diesem Moment tauchte Loy tatsächlich aus dem Eingang der großen Höhle auf. In seinen Armen trug er einen Stapel Waffen, was die Kinder sehr verwunderte. Auch an Loys schwarzem Gürtel, der um das graue Hemd, das die Lehrer trugen, gebunden war, hing ein Schwert.

Den Stapel ließ Loy scheppernd auf der Wiese fallen und winkte seine Schüler zu sich heran.

„Guten Morgen", sagte er, heute viel ruhiger als sonst. „Heute werdet ihr das Kämpfen mit Waffen lernen. Wie Meio euch gestern vielleicht schon erklärt hat, können wir uns nicht mehr mit Hilfe von Magie verteidigen. Deshalb werdet ihr auch ausgebildet, mit Waffen umzugehen", er deutete auf den Waffenberg neben sich. „Doch zunächst möchte ich euch warnen! Dies hier sind echte Waffen und sie können verletzen und töten. Ihr dürft nie leichtfertig mit ihnen umgehen, nie jemanden angreifen, der unbewaffnet ist.

Ich habe euch sieben Schwerter und eine Axt mitgebracht. Ihr dürft euch eine Waffe auswählen, doch bitte wählt mit Bedacht. Die Waffe muss zu euch passen, denn ihr werdet sie besitzen und mit ihr kämpfen bis zu eurem Tod."

Er trat einen Schritt zur Seite und breitete einen Arm in Richtung der Waffen aus.

Der erste, der zögerlich nach vorne trat, war Ned. Eine Weile betrachtete er die Schwerter, ehe er sich ein bläulich-graues mit lederumwickeltem Griff auswählte. Am Schaft war es noch schmal und wölbte sich auf einer Seite breiter. Unschlüssig hielt er es in der Hand, bis als Nächster Ivar vortrat und ohne zu zögern die Axt nahm. Gleich darauf sprang Lucienne nach vorne, denn nun hatte sie ein Kurzschwert mit silberner Klinge und blauem, reich verzierten Griff entdeckt. Dann schritt Gerlis vor und zog einen langen gebogenen Säbel mit goldglänzender Klinge aus dem zusammengeschrumpften Haufen. Als nächstes nahmen sich Gwen und Fynn gleichzeitig ihre Schwerter. Gwens Schwert hatte eine schmale bronzene Klinge und der metallene Griff war mit Leder umwickelt. Das Schwert, das Fynn ausgewählt hatte, besaß auch eine Bronzeklinge, war aber breiter und hatte nur einen Eisengriff.

Nun waren nur noch Sara und Yu-On waffenlos und beide stürzten gleichzeitig nach vorn, weil keiner der Letzte sein wollte.

Nur ein Säbel mit schartiger Klinge und ledernem Griff und ein gänzlich schmuckloses, stahlgraues Schwert waren noch übrig.

Sara fand den Säbel sehr viel besser als das graue Schwert, aber sie war sich auch sicher, dass Yu-On den Säbel genauso sehr wollte.

„Nimm du zuerst", sagte Sara zu Yu-On, weil sie nicht wollte, dass wegen solch einer Kleinigkeit ein Streit losbrach.

„Nein, nimm du ruhig zuerst. Ladys first", entgegnete Yu-On, doch sein Blick schwenkte gleich wieder zu dem Säbel hin.

Und Sara griff nach dem grauen Schwert. Yu-On war darüber erstaunt, nahm aber trotzdem sogleich den Säbel glücklich in die Hand.

Loy sah auf seine Armbanduhr. „Bevor wir anfangen zu üben, gehen wir erst mal frühstücken. Lasst die Schwerter und die Axt einfach hier liegen."

Nach dem Frühstück gingen sie wieder hinaus auf die Wiese.

„So!", sagte Loy lächelnd. „Dann können wir ja endlich anfangen. Sucht euch jemanden, mit dem ihr üben könnt. Aber beginnt erst mal langsam und stecht natürlich nicht richtig zu, haltet kurz vor dem Körper an. Ich möchte keine Verletzten haben!"

Ned und Yu-On gingen sofort zusammen und schwangen ihre Säbel. Nach ihrem anfänglichen Drachenstreit verstanden sie sich nun umso besser. Die beiden Geschwister, Gwen und Fynn, begannen auch, gegeneinander zu kämpfen. Eigentlich hatte Sara mit Lucienne üben wollen, aber Gerlis zog das kleine Mädchen bereits ein Stück zur Seite und richtete ihr Schwert auf sie. So blieben nur noch Sara und Ivar übrig.

„Dann leg mal los", sagte Ivar und fuchtelte mit seiner Axt herum. Sara, die sich oft genug mit Daniel gerauft hatte, wehrte ihn mit ihrem Schwert ab und drängte ihn zurück. Ivar hatte das nicht gerade kräftig aussehende Mädchen zunächst unterschätzt, schlug nun aber zurück, ohne Sara zu schonen.

Langsam stieg die Sonne über dem Wald höher und die Kinder gerieten, trotz des kühlen Herbsttages, ins Schwitzen, während Loy im Schatten am Waldrand saß und ihnen zusah.

Bei einem Windstoß löste sich Saras Haargummi, das durch die Bewegung ohnehin schon locker war, und ihr wirres blondes Haar wehte um ihre Schultern. Ivar hielt mit einem Male inne, seine Axt zu schwingen, und starrte Saras Locken an.

„Du bist eine Rusalka!", stieß er hervor.

„Was?", fragte Sara verwirrt und hielt mitten in der Bewegung inne.

„Dein Haar", sagte Ivar. „Du bist eine Rusalka. Keine Síth?!"

„Doch! Nein!", stotterte Sara. „Ich bin beides."

Gerlis war hinzugetreten. „Alles fünf wohl eher!"

„Was fünf?", fragte Ned, der nun auch herüberkam.

Sara war es leid, immer ihre seltsame Abstammung zu erklären und sich dafür rechtfertigen zu müssen, doch diesmal wurde ihr das erspart. Loy kam vom Waldrand herüber, weil er bemerkt hatte, dass sich niemand mehr den Waffen widmete.

„Was ist denn hier los?", fragte er.

„Sara ist keine Síth", sagte Gerlis anklagend.

„Doch, das ist sie", wiedersprach Loy bestimmt. „Und sowohl Marates als auch Catarina haben beschlossen, dass sie an der Akademie unterrichtet werden soll. Nereida hat ein Recht dazu, genau wie ihr."

Loy wollte sich abwenden, aber Gerlis sagte: „Und eine Nereide ist sie auch."

„Na und? Das kann dir doch egal sein", sagte Yu-On und er und Ned gingen hinüber und setzten ihren Kampf fort.

„Komm schon", sagte auch Lucienne und zog Gerlis am Ärmel zurück.

Gwen und Fynn waren die einzigen gewesen, die nur ganz kurz herübergeblickt und dann sofort verbissen weitergekämpft hatten.

„Weiter?", fragte Ivar und hob die Axt.

Sara nickte. „Von mir aus." Und stieß zu einem erneuten Angriff nach vorn. Dabei wurde sie von dem Gewicht des Schwertes aus dem Gleichgewicht gebracht. Sie stolperte und erwischte Ivar mit der stumpfen Seite ihres Schwertes am Ellenbogen. Er ließ seine Axt fallen und hielt sich den schmerzenden Arm.

Sara schlug erschrocken die Hand vor den Mund. „Oh, tut mir leid! Ist alles in Ordnung?"

Ivar versuchte, ein tapferes Gesicht aufzusetzen. „Ja, ja, geht schon. Ist sicher bloß ein blauer Fleck."

Loy kam zu ihnen herübergelaufen. „Keine Verletzten, habe ich gesagt!", wiederholte er und warf Sara einen strengen Blick zu.

2. Zwischenspiel

Wie schon seit vielen Jahren, seit es die Síth und den Rat überhaupt gab, saßen die fünf Großen Síth vor ihrer Wasserschüssel, die in der Mitte des runden Tisches stand.

Eneroi stieß Fularek mit dem Ellenbogen in die Seite, als dessen Kopf zu Seite wegsackte und er zu schnarchen begann.

„Wach auf!"

„Ich habe gar nicht geschlafen!", verteidigte sich Fularek.

„Doch, hast du!"

„Ist ja aber auch kein Wunder bei diesem todlangweiligen Job."

„Haltet alle beide den Mund!", fuhr Jaftalak dazwischen.

„Obwohl Rik natürlich recht hat, dass dieser Job im Augenblick nicht gerade der spannendste ist", setzte Estejek hinzu.

Marates kam aus seiner Koje getrottet. „Bei diesem Lärm kann kein Síth schlafen!"

„Doch, ich schon", gähnte Fularek.

„Irgendwas Spannendes passiert in der Zwischenzeit?", fragte Marates und beugte sich über den Tisch, um einen Blick in die Wasserschale zu werfen.

„Nö", antwortete Jaftalak.

„Zumindest, wenn man davon absieht, dass jetzt alle Schüler wissen, dass Nereida keine richtige Síth ist", ergänzte Estejek.

„Was?!", fragte Marates.

„Ja. Ivar, der russische Síth, hat sie als Rusalka erkannt. Und Gerda-Lisa, oder Gerlis, wie sie sich selbst nennt, hat den Rest ausgeplaudert", sagte Estejek.

Und Jaftalak fügte hinzu: „Was ihr ja auch niemand verbieten kann. Es gibt ja so was wie freie Meinungsäußerung."

„Oh nein", murmelte Marates leise.

„Wieso?", fragte Fularek, aber Marates war schon wieder in Gedanken versunken in seiner Koje verschwunden.

„Wieso?", fragte Fularek erneut und Estejek schüttelte, verständnislos über seine Unwissenheit, den Kopf.

„Ach, Ricki, Ricki, Ricki! Du fragst, wieso? Weil Catarina ihm am Freitag die Hölle heiß machen wird. Weil sie die ganze Zeit mit so etwas gerechnet hat. Du weißt doch, dass sie bis zum Ende gezögert hat bei Nereidas Aufnahme."

„Und manche Leute waren ganz dagegen", murmelte Jaftalak, für die anderen unverständlich, und ging hinüber zum Kühlschrank.

Karten

An diesem Abend hatte Sara Muskelkater beim Essen und es schien auch den meisten anderen so zu gehen. Ivars geprellter Arm war verbunden worden, und nachdem Sara sich noch dreimal bei ihm für ihre Ungeschicktheit entschuldigt hatte, hatte er ihr versichert, dass es ihm gut ging.

Nachdem sie gegessen hatten, gab Catarina ihre übliche Anweisung: „Morgen wird euch Iba unterrichten."

Später in der Mädchenhöhle herrschte eine noch angespanntere Stimmung als am Vorabend. Gerlis starrte Sara an und Sara versuchte, Gerlis' bohrenden Blick nicht zu beachten.

Schließlich fragte Lucienne, ob jemand mit ihr hinüber zu den Jungs gehen wolle. Sara erklärte sich bereit, wenn auch eigentlich nur, um Gerlis zu entkommen.

Im Gegensatz zu Ned klopfte Lucienne höflich an die niedrige und schiefe Holztür an, die den Höhleneingang verschloss, bevor sie und Sara eintraten.

Im Grunde sah es in dieser Höhle genauso aus wie in der der Mädchen. Vier Feldbetten, vor jedem eine Truhe zur Aufbewahrung ihrer Sachen und in der Ecke stand der gleiche Tisch mit den gleichen vier Stühlen rundherum.

An dem Tisch saß Ivar, ein russisches Buch in der Hand, und las. Auf dem hintersten Bett lag Fynn, mit dem Gesicht zur niedrigen Decke, und sah dabei wirklich wie das Ebenbild seiner Schwester aus. Auf den beiden vorderen Betten saßen sich Ned und Yu-On gegenüber und waren schon wieder in eine ihrer Diskussionen vertieft. Allem Anschein nach ging es dabei schon wieder um Drachen.

Als die beiden Mädchen eintraten, legte Ivar das Buch zur Seite und auch Ned und Yu-On unterbrachen sich in ihrem Gespräch.

„Was wollt ihr hier?", fragte Ivar nicht unfreundlich.

„Gerlis hat versucht, Sara mit Blicken umzubringen", erklärte Lucienne.

„Hört sie denn immer noch nicht mit diesem Unsinn auf?", fragte Yu-On resigniert.

„Lissy ist eben ehrgeizig. Wenn sie jemanden hasst, dann aber richtig", warf Ned in seiner spöttischen Art ein.

„Eigentlich kann ich sie sogar verstehen", warf Fynn aus seiner Ecke heraus ein.

Yu-On drehte sich zu ihm um. „Wieso?"

„Aus zweierlei Gründen", antwortete Fynn.

„Und die wären?", hakte Ivar nach.

„Erstens die ganz offensichtliche Tatsache, dass Sara keine reine Síth ist. In letzter Zeit sind immer mehr Síth wieder der Auffassung, dass nur reines Blut zählt."

Das war Sara natürlich klar gewesen. Gerlis hatte von Anfang an allen Misstrauen entgegengebracht, die auch nur dem leisesten Anschein nach Halbsíth hätten sein können.

„Und zweitens?", fragte Sara.

„Und zweitens sollte Sara eigentlich gar nicht hier sein."

„Wieso?", fragte Yu-On erneut. „Es sind doch immer, jedes Jahr, vier Jungen und vier Mädchen."

„Natürlich."

„Komm schon, Fynn. Sprich nicht in Rätseln, sondern sag einfach, was los ist", sagte Ned.

„Okay. Dieses Jahr gab es genau vier männliche Síth, die jeweils das richtige Alter hatten und reinen Blutes waren. Und es gab auch vier weibliche Síth. Drei davon waren Gwen, Lucienne und Gerlis. Die vierte war Kyra. Sie stammt aus einer nicht ganz so alt-ehrwürdigen Familie, ist allerdings eine vollkommen reine Síth."

„Und warum bin ich dann statt ihr hier?", fragte Sara.

„Weil Marates ein gutes Wort für dich eingelegt hat. Oder, um es genauer zu formulieren: Was Marates sagt, ist Gesetz. Keiner traut sich, seine Beschlüsse in Frage zu stellen. Und er hat festgelegt, dass du den vierten Platz bekommst", erklärte Fynn.

„Aber was hat das mit Gerlis und mir zu tun?", fragte Sara.

„Gerlis und Kyra waren schon zusammen im Kindergarten. Sie sind wie Schwestern aufgewachsen. Und bestimmt hatten sich die beiden schon jahrelang ihre gemeinsame Zeit an der Akademie ausgemalt. Und plötzlich heißt es dann, dass du nicht hindarfst, und das auch noch wegen einer unreinen Síth'."

„Aber ich wollte doch gar nicht hierherkommen!", verteidigte sich Sara. „Auf einmal standen diese Typen vom Rat vor unserer Tür und bevor ich überhaupt etwas sagen konnte, war ich hier. Ich wurde nicht einmal gefragt, ob ich hierherwill. Von mir aus kann diese Kyra auf der Stelle mit mir tauschen."

Fynn schüttelte lächelnd den Kopf. „Wie schon gesagt: Was Marates sagt, lässt sich nicht mehr ändern. Viele sagen sogar, er sei der beste Oberste, den der Rat je hatte."

„Und woher weißt du das alles?", fragte Ivar.

„Von Gwen", antwortete Fynn.

„Und woher weiß es Gwen?", fragte Ned genervt.

Fynn schnitt eine Grimasse. „Von unserem Vater. Und der hat's von einem Síth, der es von einem Freund von der Freundin von Estejek weiß. Oder so ähnlich."

„Das hört sich ja nach einer sehr verlässlichen Quelle an", bemerkte Yu-On spöttisch.

„Na, auf jeden Fall erklärt es, warum Gerlis Sara nicht leiden kann", verteidigte sich Fynn.

„Ist ja eigentlich auch egal", sagte Sara. „Soll Gerlis doch denken, was sie will."

Fynn nickte. „Aber interessant war es doch trotzdem, oder?"

Ivar zuckte die Schultern und wandte sich erneut seinem Buch zu. Eine Weile herrschte Stille in der kleinen Höhle.

Dann fragte Ned: „Wer will Karten spielen?"

Ivar und Fynn reagierten nicht, aber Yu-On nickte und schließlich auch Lucienne und Sara. Ivar setzte sich auf eins der Betten, damit die vier anderen den Tisch zum Spielen nutzen konnten.

Nach einer Stunde hörten sie aber wieder auf, Karten zu spielen, weil Ned, egal, in welchem Spiel, jede Runde gewann, und Lucienne beschwerte sich, dass er schummeln würde. Dann begannen Yu-On und Ned, sich erneut über Drachen zu unterhalten, da dies ihr absolutes Lieblingsthema zu sein schien, und Sara erhob keinen Einwand dagegen, weil sie auch mitreden konnte.

Yu-Ons Bruder arbeitete auf einer Drachenfarm, wie Yu-On erzählte. Ned träumte von klein auf davon, einen eigenen Drachen zu besitzen. Und Sara hatte erst vor einigen Wochen Bekanntschaft mit einem jungen Drachen namens Udo gemacht.

„Und du bist wirklich auf ihm geflogen?", fragte Ned begeistert, als Sara gerade davon erzählte.

„Klar", sagte Sara. „Uns blieb nichts anderes übrig. Sonst hätte Melanie meine Cousine Evelyn wirklich umgebracht. Wir kamen beinahe zu spät."

„Moment mal, Moment mal!", sagte Lucienne. „Soll das heißen, dass du einen Mord verhindert hast?!"

„So würde ich das nicht gerade nennen …", wehrte Sara ab. „Ich war einfach zur falschen Zeit am falschen Ort in den Ferien. Und Melanie wollte Evelyn eigentlich gar nichts tun … Aber das ist auch egal."

Sara stand auf, sie wollte nicht die ganze Geschichte noch einmal wiederholen. Zu schlimm waren die Geschehnisse damals gewesen. Sie ging zur Tür, öffnete sie und wich zurück, weil Loy davor stand.

„Aha", sagte er. „Hier seid ihr. Wisst ihr eigentlich, wie spät es ist?"

„Nein", sagte Yu-On wahrheitsgemäß.

„Jedenfalls spät genug, um ins Bett zu gehen", erwiderte Loy.

„Wir wussten nicht, dass es hier bestimmte Schlafenszeiten gibt", sagte Lucienne.

„Doch, natürlich. Ihr solltet jetzt wirklich wieder rübergehen, Mädels. Iba kann es genauso wenig leiden, wenn jemand zu spät kommt, wie Meio." Loy grinste die Jungs an und Ned verdrehte die Augen.

Sara und Lucienne gingen über die Wiese zu der anderen Höhle. Tatsächlich stand der Mond schon hoch am Himmel und Gwen und Gerlis schliefen längst.

Gedankenlesen

Diesen Morgen hörten Sara und Lucienne nicht den Gong. Viel zu spät schreckte Sara aus einem traumlosen Schlaf auf und weckte Lucienne. Gwen und Gerlis waren schon nicht mehr in der Höhle.

„Diese Idioten haben uns einfach nicht geweckt", fluchte Lucienne.

„Komm lieber. Wir sind jetzt schon viel zu spät", ermahnte Sara sie.

„Aber wohin müssen wir überhaupt gehen?", fragte Lucienne.

„Keine Ahnung. Das hat Catarina nicht gesagt. Am besten, wir gehen einfach in das Klassenzimmer."

Sie gingen über die Wiese und in die mittlere Höhle. Die Tür zum Klassenzimmer war geschlossen, als sie eintrafen, und drinnen war auch alles ruhig. Sara klopfte an die Tür. Eine Weile lang geschah nichts und Lucienne murmelte: „Vielleicht sind sie doch nicht hier …"

Dann wurde die Tür geöffnet.

Iba war schmal und nicht besonders groß. Sie hatte schulterlanges, glattes Haar, das in Blond und ein wenig rot und braun glänzte. Ihr sonst freundliches Gesicht war aber heute grimmig verzerrt.

„Ihr kommt …", Iba blickte auf ihre Armbanduhr, die unter dem langen grauen Ärmel des Gewandes verborgen war, „35 Minuten zu spät."

„Tut uns leid", endschuldigte sich Sara. „Wir haben verschlafen."

Ned drehte sich zu ihnen um und grinste etwas gehässig. „Zu schade, dass Loy keine Zeit hatte", murmelte er.

„Ruhe. Setzt euch hin", befahl Iba.

Sara und Lucienne gehorchten.

„Jetzt beginnen wir mit unseren ersten praktischen Übungen", fuhr Iba in ihrem Unterricht fort.

Lucienne und Sara sahen sich an. Sie wussten nicht mal, was Iba unterrichtete. Sie sahen sich nach irgendeinem Hinweis um, doch es befand sich nichts in dem Raum. Yu-On saß eine Bank neben Sara, drehte sich jetzt zu ihr und versuchte durch Zeichensprache zu verdeutlichen, was sie tun sollten. Es einfach durch Worte zu erklären, ging nicht, weil Iba absolute Ruhe gefordert hatte.

Für seine Pantomime tippte er sich mit einem Finger an den Kopf und schloss die Augen. Dann öffnete er sie wieder und starrte Sara konzentriert an und deutete danach auf ihren Kopf. Sara zuckte mit den Achseln, weil sie nicht wusste, was er meinte. Er zuckte ebenfalls mit den Achseln und gab den Versuch auf.

Iba fuhr fort: „Ihr werdet immer paarweise üben."

Sara wusste immer noch nicht, worum es ging.

„Wir beginnen erst mal ganz einfach. Ein Partner denkt ganz fest an irgendein Tier. Dazu stellt derjenige sich das Tier am besten bildlich vor. Der andere versucht, Kontakt zu den Gedanken aufzunehmen und das Tier zu ermitteln. Dazu braucht ihr all eure Konzentration und ich kann euch prophezeien, dass es keinem von euch beim ersten Mal gelingen wird." Wieder schob Iba ihren langen Ärmel hoch, um auf die Uhr zu sehen. „Oh, ich habe gerade bemerkt, dass schon Zeit zum Frühstück wäre. Aber ich möchte jetzt noch diese Übung mit euch machen. Würde es euch etwas ausmachen, wenn ihr heute auf das Frühstück verzichten müsstet?"

Alle waren damit einverstanden, außer Ned, aber Iba beachtete ihn nicht weiter und entschied für die Mehrheit.

„Also, fangt gleich an. Und denkt immer an die Theorie, die wir vorher besprochen hatten: Blickkontakt ist zu Anfang sehr wichtig und Konzentration sowieso immer. Nun fangt an!"

Sara und Lucienne drehten sich ihre Stühle zurecht, so dass sie sich direkt gegenüber saßen.

„Ich denk dann mal an was", sagte Sara und dachte *Hund, Hund, Hund …*

„Hund", sagte Lucienne.

„Wow", sagte Sara beeindruckt. „Das ging ja schnell."

„Ich habe geraten", entgegnete Lucienne.

Sara verdrehte die Augen. „Jetzt mach's doch mal richtig. Sonst lernen wir es ja nie."

„Na schön. Fang noch mal an."

Wieder dachte Sara *Hund, Hund, Hund …*

„Katze", sagte Lucienne.

„Du hast wieder nur geraten", beschuldigte Sara sie. „Du gibst dir überhaupt keine Mühe."

„Na und? Ich bin noch todmüde und kann mich sowieso nicht konzentrieren."

„Versuch es doch wenigstens", beharrte Sara weiter.

Lucienne war für eine Weile still und kniff angestrengt die Augen zusammen, dann fluchte sie und sagte: „Ich kann's nicht. Woran hast du gedacht?"

„Hund", antwortete Sara.

„Das war gemein! Du wusstest, dass ich nicht noch mal *Hund* raten würde. Jetzt bist du aber dran."

„Also gut."

Sara starrte Lucienne konzentriert an. Sie versuchte, in ihren Kopf zu sehen, so, wie Daniel es oft genug bei ihr selbst getan hatte. Doch sie sah nichts. Sara schloss die Augen und versuchte, Luciennes Gedanken „einzufangen", versuchte, sie zu durchschauen.

Doch Sara sah nur ein weißes Rechteck. Mehr war dort nicht. Und dann kam Sara ein Geistesblitz.

„Du denkst … an ein weißes Rechteck", sagte Sara. Sie bekam ihre Bestätigung, als Luciennes Gesichtszüge entgleisten.

„Woher wusstest du das?", fragte Lucienne.

Sara zuckte mit den Schultern. „Ich habe keine Ahnung. Ich habe irgendwie ein weißes Rechteck gesehen und den Rest habe ich geraten."

„Probier's gleich noch mal", sagte Lucienne.

Sara schloss erneut die Augen und konzentrierte sich. Schließlich erkannte sie das Bild einer braunen, zotteligen Ziege.

„Das soll aber keine Anspielung auf meinen Fuß sein, oder?", fragte Sara.

„Nein, natürlich nicht. Aber du hast es wiedererkannt!"

Sie versuchten es noch mehrere weitere Male und jedes Mal konnte Sara Lucienne durchschauen.

„Wie machst du das bloß?", fragte Lucienne.

„Ich habe keine Ahnung …", entgegnete Sara erneut.

Lucienne hüpfte auf ihrem Stuhl aufgeregt auf und ab. „Iba, Iba, Sara kann meine Gedanken lesen!"

Iba kam zu ihnen hinüber und warf Lucienne einen beinahe missbilligenden Blick zu. „Ein Bild zu sehen, ist eine Sache", sagte sie. „Einen ganzen Gedankenstrang zu entschlüsseln, etwas ganz anderes. Bis ihr das könnt, wird wohl doch noch einige Zeit vergehen." Sie entfernte sich wieder.

Nach dem Mittagessen tauschten sie die Rollen und Lucienne begann mit dem Gedankenlesen. Doch ihr und vielen anderen gelang es bis zum Ende der Stunde nicht, ein klares Bild zu erkennen.

Während Lucienne sich für einen Moment vom Gedankenlesen ausruhte, ließ Sara den Blick durch den Raum und über ihre Mitschüler schweifen, die alle sehr konzentriert dreinblickten. Doch als Gerlis Saras Blick bemerkte, starrte sie böse zurück, und weil Sara noch immer mit den Gedanken bei der Übung war, drang sie aus Versehen in Gerlis' Geist ein und was sie dort sah, schockierte Sara zutiefst: Es war die blanke Wut, mit der Gerlis an Sara dachte.

Beim Abendessen plagten dann die meisten auch noch üble Kopfschmerzen, eine kleine Nebenwirkung, die durch das allzu häufige Gedankenlesen auftrat. Am Ende der Mahlzeit erhob sich Catarina und verkündete: „Geht heute zeitig zu Bett. Ich erwarte euch morgen früh am Waldesrand."

Die Kinder gingen in ihre eigenen Höhlen zurück und alle befolgten Catarinas Rat und schliefen bald ein.

Gedankenreise

Bis wieder der Gong erklang und einen neuen Tag an der Wächter-Akademie ankündigte. Beim Anziehen entdeckte Sara auf ihrer Truhe einen langen graugrünen Umhang aus rauem Stoff. Auch auf den anderen Truhen lagen solche Umhänge.

„Sollen wir die heute anziehen?", beriet sich Sara mit Lucienne.

„Ja, klar", mischte sich Gwen ein. „Die gehören mit zu unserer Schuluniform."

„Und warum kriegen wir sie dann erst jetzt?", fragte Sara.

„Woher soll ich das wissen?", entgegnete Gwen. Sie warfen sich die Umhänge über und verließen die Höhle.

Kurz darauf wussten sie, wozu die Umhänge dienten und warum sie sie ausgerechnet heute erhalten hatten. Draußen goss es in Strömen. Schnell rannten sie zum Waldrand hinüber, wo Catarina schon wartete. Von der anderen Seite kamen die Jungs, ebenfalls in Umhänge gehüllt, angestürmt. Auch Catarina trug einen Umhang mit Kapuze. Ihrer war dunkelgrau und das Wasser schien an dem Stoff regelrecht abzuperlen, im Gegensatz zu den Mänteln der Kinder, die das Wasser eher aufsogen.

„Guten Morgen", sagte Catarina. „Heute sollt ihr euch mit der schwersten aller Künste der Síth beschäftigen."

Die Kinder sahen sich entsetzt an. Schreckliches Wetter und eine schwierige Aufgabe; wunderbare Aussichten.

Catarina fuhr fort: „Heute werdet ihr das Gedankenreisen erlernen."

Alle stöhnten noch entsetzter als zuvor. Alle außer Sara. Sie grinste. Sara hatte schon zweimal eine Gedankenreise gemacht, also war das eine ihrer leichtesten Übungen.

„Das Wichtigste, worauf ihr euch konzentrieren müsst, ist der Ort, an den ihr reisen wollt. Auch müsst ihr immer bedenken, dass eine Gedankenreise nur von kurzer Dauer ist und ihr nur wenig Zeit habt, dort zu verweilen. Ich werde euch zu verschiedenen Stellen des Waldes bringen. Dann werde ich hierher zurückkehren und eure Aufgabe wird es sein, in Gedanken zu mir zu reisen. Lasst euch viel Zeit dabei, ihr müsst euch sehr konzentrieren für diese Aufgabe. Seid nicht allzu enttäuscht, wenn es euch heute noch nicht gelingen sollte. Spätestens zum Mittagessen hole ich euch wieder ab."

Catarina nahm den Ersten, Fynn, beim Arm und „puffte" davon. Gleich darauf kehrte Catarina zurück und nahm den Nächsten mit. Schließlich war Sara die Sechste und nur Gwen und Ned waren noch übrig.

Catarina brachte Sara irgendwohin, tief in den Wald, denn sie konnte in allen Richtungen nur Bäume sehen. Und schon war Catarina auch wieder verschwunden.

Sara wartete eine Weile. Einerseits musste Catarina erst noch Ned und Gwen wegbringen, andererseits wollte Sara den anderen einen kleinen Vorsprung lassen.

Nach geschätzten zehn Minuten schloss Sara die Augen und versuchte, an Catarina und die Waldlichtung zu denken. Doch ihre Gedanken schweiften immer nur ab. Sie dachte an ihre erste und zweite Gedankenreise und an ihre Familie, an Kim und an Tobias.

Und mit einem Mal befand sie sich nicht mehr im Wald, sondern in Daniels Zimmer, in ihrem Haus in Deutschland.

Daniel und Tobias hatten auf dem Fußboden gehockt und Hausaufgaben gemacht, sprangen jetzt jedoch erschrocken auf, als sie die schemenhaft vorhandene Sara entdeckten.

„Sara!?", rief Daniel aus. „Was machst du hier?"

Sara sah sich leicht entsetzt um. „Ups! Ich schätze mal, Catarina wird stinksauer sein, wenn ich zurückkomme."

„Was?", fragte Tobias verständnislos.

Und Sara erklärte: „Wir sollten eine Gedankenreise machen und theoretisch hätte ich bei Catarina, unserer Lehrerin, landen sollen."

„Wie ist die Schule?", fragte Daniel.

„Ganz gut. Die meisten dort sind nett. Nur Gerlis ist darauf aus, mir das Leben dort zur Hölle zu machen. Der Unterricht ist auch ganz gut, nur Geschichte ist todlangweilig. Ist irgendetwas Wichtiges passiert, seit ich weg bin?"

„Nein", sagte Tobias.

„Vielleicht sollte ich besser mal wieder zurück", bemerkte Sara.

Wie aufs Stichwort begann sie, immer weiter zu verblassen. Als sie fast komplett verschwunden war, fiel ihr noch etwas ein, was sie hatte sagen wollen.

„Danke für das Geschenk, Tobias!", sagte Sara und das Letzte, was sie auf ihrer Gedankenreise sah, war Tobias' Lächeln.

Sara landete wieder im Wald und zuckte augenblicklich zusammen, als sich Catarina zornig vor ihr aufbaute.

„Wo warst du?", fragte sie ärgerlich.

„Ich bin ein wenig vom Weg abgekommen", entschuldigte sich Sara kleinlaut.

„Vom Weg abgekommen?! Ich habe euch doch gesagt, dass Konzentration das Allerwichtigste ist! Du warst völlig unkonzentriert, mit deinen Gedanken ganz woanders."

Sara ließ den Kopf hängen, obwohl sie mit einer Standpauke gerechnet hatte.

Catarina nahm Sara wieder beim Arm und teleportierte sie beide auf die Lichtung zurück. Die übrigen sieben Schüler waren bereits dort. Ohne ein weiteres Wort gingen sie in das Klassenzimmer, um sich vor dem immer noch heftig prasselnden Regen zu schützen.

Die acht Kinder ließen sich erschöpft auf die Stühle sinken und zogen die Kapuzen von ihren Köpfen. Catarina baute sich vor der Klasse auf.

„Ich bin etwas enttäuscht von euch. Keinem ist auch nur der Ansatz einer Gedankenreise gelungen", sagte sie. „Außer Nereida", setzte sie hinzu.

Ned murmelte im Hintergrund: „Streber"

Doch Sara war verwundert. Vorhin war Catarina noch stinksauer auf sie gewesen und jetzt schien sie auf einmal, sie sogar zu loben. Dass auch Sara insofern versagt hatte, dass sie am falschen Ort gelandet war, erwähnte sie mit keiner Silbe mehr.

„Wir werden in den nächsten Wochen weiter daran arbeiten", beendete Catarina die Stunde und entließ die Kinder früher als an den vorherigen Tagen.

Beim Hinausgehen hielt Catarina Sara, die die Letzte war, noch einmal auf.

„Ich will nicht, dass so etwas noch ein weiteres Mal passiert", sagte sie. „Wenn das noch einmal vorkommt, kriegst du Arrest."

Dann ließ sie Sara gehen.

Zwischenspiel

Die Lehrer der Wächter-Akademie saßen in einem der Höhlenräume zusammen.

„Nereida ist heute zu weit gereist", sagte Catarina gerade.

„Sie hat schon eine Gedankenreise geschafft?!", fragte Loy bewundernd.

„Ja, aber trotzdem. Sie hätte besser aufpassen müssen! Eine Gedankenreise ist nicht gefahrlos."

„Aber ihr ist nichts passiert, oder?", erkundigte sich Iba.

„Nein, sie hatte verdammtes Glück. Aber dennoch: Vielleicht war es doch ein Fehler, sie hierherzuholen. Ich weiß nicht, ob sie tatsächlich allen Aufgaben gewachsen ist."

„Marates wird sich das schon gut genug überlegt haben", beruhigte Meio sie.

„Aber er hatte auch Zweifel. Und ich denke mal, dass ich noch am besten merke, ob er sich einer Sache sicher ist oder nicht", sagte Catarina.

„Aber er hat sie trotzdem hergeholt", sagte Loy.

Catarina schüttelte leicht den Kopf. „Vielleicht war es aber nicht richtig. Sie gehört hier nicht her. Ihr alle wisst, dass es so ist."

Kugel

Bis zum Abendessen kehrte Sara in die niedrige Höhle zurück. Noch in Gedanken bei der Gedankenreise, griff sie in ihren Rucksack und wollte Tobias' Schneekugel hervorholen. Doch dort war keine Kugel. Sara streckte den Arm weiter aus, tastete den Boden ab, doch sie fand nichts.

Sara legte alle Sachen aus dem Rucksack auf ihr Bett und schüttelte die Tasche kopfüber aus, doch nirgends fand sie die Kugel. Auch unter dem Bett und in der Holztruhe sah sie nach, doch auch dort befand sich das Geschenk nicht. Sara sah sich verzweifelt suchend im Raum um.

„Hast du was verloren?", fragte Lucienne, die auf ihrem Bett gesessen und Sara bei ihrer verzweifelten Suchaktion zugesehen hatte. Bevor Sara antworten konnte, ging die windschiefe Tür auf und Gerlis trat ein.

„Suchst du das hier?", fragte sie und warf Sara etwas zu. Beinahe hätte Sara die Glaskugel fallen gelassen, doch sie fing sie gerade noch rechtzeitig im letzten Moment auf.

„Was hast du damit gemacht?", blaffte Sara sie ärgerlich an.

„Nichts. Ich wollte sie mir nur mal anschauen." Gerlis lächelte gehässig und ging wieder hinaus.

Sara ließ sich auf ihr Bett fallen und erst jetzt betrachtete sie die Kugel genauer. Mit roter Farbe war das Wort *Drecksblut* auf das Glas geschrieben. Sara kochte vor Wut und versuchte, die Farbe mit dem Ärmel abzuwischen, doch es ging nicht weg.

Lucienne stellte sich auf die Zehenspitzen, um Sara über die Schulter schauen zu können. „Ist was mit deiner Spieluhr, Sara?"

Gwen trat neben Sara und Lucienne. „Versuch es mal mit Wasser", sagte sie und schob Sara durch die kleine Tür im hinteren

Bereich der Höhle, wo sich ein kleiner Waschraum befand. Dann schrubbten sie mit Schwamm und Seife über das Glas und nach einer ganzen Weile löste sich die Schrift allmählich und nur rote Farbflecken im Waschbecken erinnerten noch an Gerlis' gemeine Tat. Das und die Wut, die sich immer weiter in Saras Bauch aufstaute.

Danach gingen sie gleich hinüber in die große Höhle, denn es war schon Zeit fürs Abendessen. Sara verstaute die Glaskugel in einer ihrer Rocktaschen, der sicherste Platz, wie ihr schien, denn Gerlis hatte nicht einmal davor zurückgeschreckt, die Spieluhr aus ihrem Rucksack zu stehlen.

Beim Essen saß Sara wie üblich schräg gegenüber von Fynn und er erzählte ihr, dass Gerlis sich von Ivar einen Faserstift ausgeborgt hatte. Fynn hätte es ihr wohl gar nicht erzählt, wenn es ihm nicht so seltsam vorgekommen wäre, dass Gerlis überhaupt mal in der Jungshöhle aufgetaucht war und dann nur, um sich einen Stift zu borgen.

Sara sah hinüber zu Gerlis, die am anderen Ende der Tafel saß, und stellte sich die Frage, wieso Gerlis die Kugel nicht einfach am Boden zerschmettert hatte. Doch auch die Antwort konnte sie sich schon denken: Damit hätte sie Sara zwar verletzt, doch durch das Wort *Drecksblut* wurde noch viel klarer, was Gerlis von Sara und allen übrigen unreinen Síth hielt. Und auch wenn Sara die Farbe abgewaschen hatte, würde das Wort immer in ihrer Erinnerung haften bleiben.

Am Ende des Mahles kündigte Catarina an, dass sie morgen wieder von Meio unterrichtet werden würden.

Vor dem Einschlafen verwahrte Sara die Schneekugel sicher unter ihrem Kopfkissen, wo Gerlis oder auch sonst irgendwer sie nicht stehlen konnte.

Nach Hause

Am nächsten Morgen setzte Meio seinen Bericht über die Geschichte der Síth fort. Diesmal begann er mit der früheren Zeit der Síth, als diese noch friedlich und in einer offenen und guten Beziehung mit den Menschen zusammenlebten. Dann erzählte Meio von den Missverständnissen zwischen beiden Völkern, die sich immer mehr zu häufen begannen und die Beziehung zerstörten. Die Síth begannen, schlecht über die Menschen zu denken, zogen sich aber zurück, weil sie im Grunde immer gutgesinnt waren.

Der Unterricht endete, anders als an den sonstigen Tagen, schon kurz nach dem Mittagessen. Sie tranken Tee in einem Raum, neben dem Speiseraum, wo alte Ledersessel und wacklige Holzstühle standen. Auch die Lehrer waren dort, nur Catarina fehlte. Und schließlich war es Meio, der sagte, dass sie ihre Sachen packen sollten, um über das Wochenende nach Hause zu gehen.

Sara verabschiedete sich in der Höhle von Lucienne und Gwen und ging dann hinaus.

Die erwachsenen Síth, die die anderen herbegleitet hatten, warteten schon. Sara sah sich um, aber niemand vom Rat war da, um sie abzuholen. Kamen sie vielleicht erst später? Aber schon traten eine Frau und ein Mann, die Sara vorher noch nicht gesehen hatte, zu ihr und begrüßten sie freundlich.

Der Mann war noch sehr jung, hatte große, traurige Augen und dunkelbraunes Haar. Die Frau trug ihr rotbraunes Haar zu zwei langen Zöpfen geflochten und hatte silberne Ohrgehänge, die ihr fast bis auf die Schultern reichten.

Sie sprach zuerst zu Sara. „Du musst Nereida sein!", sagte sie freundlich. „Ich heiße

Yolanda und das ist Yale. Wir sind Wächter und sollen dich nach Hause bringen."

Sara schulterte ihre Tasche und die Frau griff sogleich ihren Arm und teleportierte sich mit Sara und dem Mann in den Mistelweg, vor das alte Haus, in dem Sara wohnte. Die beiden Síth verabschiedeten sich und sagten, dass sie am Montag wieder vorbeikämen, um Sara abzuholen. Sara klopfte mit dem metallenen Türklopfer an und Daniel öffnete ihr die Tür. Noch ehe Sara richtig im Haus war, hatte ihre Mutter sie stürmisch umarmt, und Fajé flatterte fröhlich um sie herum. Herr Síth war noch auf Arbeit. Tobias stand weiter hinten im Flur und Sara war so erfreut, ihn zu sehen, dass sie nicht einmal darüber verwundert war, dass er nicht in der Schule war, denn Sara und er hätten freitags noch eine Stunde Unterricht gehabt.

Nachdem sich Sara aus der Umarmung ihrer Mutter gelöst hatte, ging sie mit Daniel und Tobias hinauf in Saras Zimmer.

„Lange nicht mehr gesehen", sagte Sara, als sie endlich unter sich waren.

„Ist diese Catarina sehr wütend geworden?", fragte Daniel.

Sara nickte. „Sie ist ganz schön an die Decke gegangen. Wenn ich noch einmal Mist baue, hat sie gesagt, dass ich Arrest kriege."

„Arrest?", fragte Tobias. „Das klingt ja fast wie bei der Armee."

Sara zuckte mit den Schultern. „Heute hatten wir noch mal Geschichte. Es wäre ja sogar ein bisschen spannend, wenn Meio nicht immer nur alles so gelangweilt runterbeten würde."

„Und was hat Gerlis gegen dich? Du sagtest gestern, dass sie dir das Leben schwer macht", erinnerte sich Daniel.

„Sie hasst mich, weil ich kein reiner Síth bin. Und weil ich ihrer Freundin den Platz an der Akademie weggeschnappt habe."

Sara berichtete bis zum Abend weiter von ihren Erlebnissen an der Wächter-Akademie, ließ allerdings Gerlis' Streich mit der

Schneekugel aus. Sie unterhielten sich, bis Herr Síth nach Hause kam und Saras Mutter sie zum Essen hinunterrief. Auch Tobias aß mit ihnen, verabschiedete sich aber gleich nach dem Essen und sagte, dass er am Samstag wieder vorbeikäme. Nach dem Abendessen fiel Sara todmüde in ihr Bett und schlief gleich ein.

Zwischenspiel

Am Samstagmorgen saß Marates in dem kleinen Einfamilienhaus in der Pine Street am Frühstückstisch. Er war bis jetzt als Einziger schon auf und wartete auf Catarina. Als sie gestern Abend nach Hause gekommen war, hatte sie ärgerlich gewirkt und sich sofort in ihr Arbeitszimmer eingeschlossen. Das konnte nur bedeuten, dass sie sich um etwas Sorgen machte, und das hieß wahrscheinlich, dass etwas an seinem „Nereida-Plan" schiefgegangen war. Die ganze Woche über hatte er sich immer, wenn er Dienst in der Höhle hatte, in seine Koje verzogen und es vermieden, einen Blick in die Schüssel zu werfen, weil er seinen genialen Plan nicht hatte scheitern sehen wollen. Er wollte es einfach nicht wahrhaben, dass *sein* Plan nicht aufgehen könnte. Denn

Nereidas Bestehen an der Wächter-Akademie könnte größere Auswirkungen auf alle Síth haben, als sich dieses Mädchen überhaupt vorstellen konnte.

Gedankenversunken starrte er aus dem Fenster hinaus in den Regen, der schon seit einigen Tagen über Irland hing. Er schrak zusammen, als Fiona ihm von hinten eine Hand auf die Schulter legte.

„Woran hast du gerade gedacht?", fragte Marates' Tochter lächelnd und setzte sich neben ihn an den Tisch.

„An nichts Wichtiges", log Marates, der seine Tochter nicht mit den Angelegenheiten des Rates belasten wollte.

„Das stimmt nicht. Ich habe es an deinen Augen gesehen. Du warst mit deinen Gedanken gerade ganz woanders."

„Du hast recht. Ich habe etwas Wichtiges mit deiner Mutter zu besprechen."

„Dann verschwinde ich am besten, sobald sie kommt."

Wie aufs Stichwort betrat Catarina die Küche. „Das ist nicht nötig, Fiona. Du kannst auch hier bleiben." Auch Catarina setzte sich.

„Was ist nun mit Nereida?", fragte Marates.

„Gleich am Montag hat die erste Hälfte der Schüler erfahren, dass Nereida *etwas anders* ist."

„Das habe ich mitbekommen. Und ehrlich gesagt, hatte ich damit auch gerechnet", entgegnete Marates.

„Am Dienstag hat es dann auch die zweite Hälfte erfahren", fuhr Catarina fort. „Beim Gedankenlesen hat sie sich als regelrechtes Naturtalent erwiesen, was aber vermutlich auch auf ihren Bruder zurückzuführen ist."

„Was soll mit ihrem Bruder sein?", fragte Marates.

„Er ist ein fortgeschrittener Gedankenleser. Und er ist erst zwölf. Ich vermute, dass er Nereida ab und zu etwas beigebracht hat."

„Das klingt doch aber alles ganz gut", wandte Marates ein. „Warum bist du denn so besorgt?"

„Lass mich zu Ende reden. Beim Gedankenreisen hat sie alle meine Warnungen in den Wind geschlagen, hat sich ungenügend konzentriert und ist am falschen Ort gelandet."

Wie zuvor Loy pfiff auch Fiona beeindruckt durch die Zähne. „Eine Gedankenreise, gleich am ersten Tag? Ist das überhaupt schon mal einem Schüler gelungen, seit du unterrichtest?"

Catarina warf ihr einen ärgerlichen Blick zu. „Warum versteht keiner, wie gefährlich das werden kann? Was hätten wir tun sollen, wenn sie nicht im ganzen Stück zurückgekommen wäre? Es haben schon weitaus erfahrenere Síth bei einer Gedankenreise den Verstand verloren."

Marates legte ihr beruhigend eine Hand auf die Schulter. „Ihr ist nichts passiert und beim nächsten Mal wird sie ganz sicher besser aufpassen, so wie ich deine Zurechtweisungen kenne."

Doch Catarina war noch lange nicht beruhigt. „Marates, sie ist kein Síth!"

Marates verdrehte die Augen. Diese Worte hatte er schon zu oft gehört.

Catarina wurde immer lauter. „Sie gehört nicht auf die Akademie, beim besten Willen nicht. Und du weißt es genauso gut wie ich!" Catarina wollte schon für ihre nächsten Argumente Luft holen, doch in dem Moment kam ein kleines Mädchen in die Küche gelaufen.

„Warum seid ihr so laut?", fragte es leise.

Marates sah Fiona an und diese verstand ihn und nickte. Fiona stand von ihrem Platz auf, ging hinüber zu dem Mädchen und nahm es bei der Hand.

„Komm, Lily", sagte Fiona und führte das Kind aus dem Raum. „Oma und Opa wollen etwas Wichtiges besprechen. Wir sehen nach, ob Papa schon wach ist, dann können wir alle gemeinsam frühstücken."

Marates lächelte seiner Tochter und seiner kleinen Enkelin hinterher. Das Lächeln verging ihm, als er Catarinas noch immer ärgerlichen Blick auffing. Er hob die Hände, um ihr zu zeigen, dass er genug gehört hatte.

„Vielleicht habe ich wirklich einen Fehler begangen, als ich Nereida auf die Akademie schickte, doch es lässt sich nicht mehr rückgängig machen. Sie wird es schon schaffen, sich durchzusetzen."

Catarina öffnete den Mund, um etwas entgegenzusetzen, doch Marates sprach schnell weiter.

„Mittlerweile solltest du eigentlich wissen, dass ich bei meinen Entscheidungen immer viel zu sehr auf mein Herz höre."

„Das ist aber nicht immer schlecht", sagte Catarina schon viel sanfter.

„Ich weiß nicht, ob diese Entscheidung gut oder richtig war, aber Sara Feé Nereida Síth besitzt eine Macht. Ihre ganz besondere und eigene Macht. Doch sie muss lernen, diese Macht auch zu beherrschen. Und das kannst nur du ihr beibringen. Die anderen Räte haben sich nicht ihrer angenommen, also müssen wir es tun."

Unvermittelt begann Catarina zu lächeln.

„Was ist?", fragte Marates irritiert.

„Ich bemerke nur immer wieder, wie ähnlich Fiona und du euch seid. Nicht nur im Aussehen", fügte Catarina hinzu, als sich Marates durchs Haar strich.

„Wie meinst du das?", fragte Marates.

„Ihr seid beide so impulsiv und tut immer sofort das, was ihr für richtig haltet. Und erst später denkt ihr darüber nach, ob die Entscheidung so gut war."

„Vielleicht hätte sie besser die kluge, besonnene Art ihrer Mutter erben sollen", sagte Marates und stand von seinem Stuhl auf. Auch Catarina erhob sich. „Aber gerade das ist es doch, was ich an euch beiden liebe."

Marates schloss sie in seine Arme und die angespannte Stimmung, die zuvor im Raum geherrscht hatte, war verschwunden.

Schule

Das Wochenende verging wie im Fluge. Schon war es wieder Sonntag und die beiden Síth standen vor der Tür, um Sara abzuholen. Kurz bevor sie sich aber wieder teleportierten, sprach die Frau, Yolanda, Sara an: „Nereida, ich soll dir vom Obersten des Rates etwas ausrichten. Du sollst dich bemühen, so sehr du kannst, damit du die Akademie bestehst."

„Aber das mache ich doch schon", wollte Sara sagen, aber ehe sie es sich versah, war sie schon wieder auf der Waldlichtung und die beiden Wächter verschwunden.

Der Unterricht verlief auf die gleiche Weise wie in der Woche zuvor. Sara strengte sich an und konzentrierte sich ganz besonders beim Gedankenlesen und -reisen. Gerlis beschimpfte sie weiterhin, sobald die Lehrer nicht in der Nähe waren, und Saras größte Freuden waren die Gespräche über Drachen mit Ned und Yu-On und das Lauschen der Musik aus der Spieluhr. An den Wochenenden erholte sich Sara vor allem von der anstrengenden Woche zuvor und nach dem ersten ausführlichen Bericht gab es kaum mehr Neues zu erzählen, weil die Wochen ja immer gleich verliefen. Dennoch kam Tobias jedes Wochenende zu den Síth, weil es seine einzige Gelegenheit war, Sara zu sehen.

Schließlich konnte Sara mit einiger Konzentration ganze Sätze hellsehen (worüber Daniel äußerst erfreut war) und der erste Frost zog durchs Land. Bald darauf, Anfang Dezember, fiel schon der erste feine Schnee, aber weiterhin durften alle Schüler keine Schuhe tragen, wenn sie draußen kämpften oder Gedankenreisen machten. (Aber eigentlich machte ihnen das auch gar nichts mehr aus, denn sie waren mittlerweile gegen die Kälte abgehärtet.)

An einem Dienstag zu dieser Zeit rief Loy sie in dem Klassenzimmer zusammen anstatt auf der Lichtung wie sonst. Das kam allen ein wenig entgegen, denn es wurde jetzt schon von Tag zu Tag kälter draußen.

Loy hatte eine noch ernstere Miene aufgesetzt als sonst.

„Ab heute werden wir jetzt erst mal nur Theorie machen", leitete er die Stunde ein. „Ich bitte euch darum, dass ihr mir jetzt erst einmal genau zuhört und das beherzigt, was ich euch sage."

Der Raum war totenstill.

„In meinem Unterricht lernt ihr das Kämpfen mit Waffen. Ich habe euch Angriffstechniken beigebracht, die sich schon in vielen Schlachten bewährt haben. Was ich euch nicht beibringe, weil ich es nicht lehren kann, ist das Töten."

Es wurde noch stiller im Raum. Nicht einmal Ned lächelte mehr oder machte einen seiner üblichen Witze.

„Das Kämpfen ist nicht immer auch unbedingt mit Töten verbunden, doch ihr müsst euch darüber im Klaren sein, dass, wem ihr einmal die Kehle aufgeschlitzt habt, nie wieder aufstehen wird.

Wenn ihr wirklich mal in einen Kampf verwickelt sein solltet, kann es aber durchaus möglich sein, dass ihr jemanden töten müsst, um euer eigenes Leben zu schützen. Ihr solltet unbedingt immer versuchen, zu vermeiden, ein Leben auszulöschen. Wenn ihr jemanden tötet, seid ihr für euer restliches Leben mit dieser Verantwortung belastet. Ich weiß nicht, wie es ist, jemanden umzubringen, und ich will es auch nie erfahren müssen. Ich hoffe, dass es euch allen genauso geht. Wir Síth waren immer Leute des Friedens; ich lehre euch das Kämpfen, damit ihr euch verteidigen könnt. Morden ist etwas Sinnloses. Man soll das Leben wahren, nicht es zerstören. Denkt darüber nach …"

Loy verstummte, stützte die Ellenbogen auf den Tisch und sah durch den Raum. Noch immer waren alle still. Keiner sagte etwas. Alle, wirklich alle, dachten über Loys Worte nach und malten sich aus, ob es wirklich irgendwann nötig sein sollte, jemanden umzubringen.

Doch natürlich würden sie nie in einen Kampf verwickelt sein! Darin waren sich alle sicher. Doch Loys Worte hatten großen Eindruck hinterlassen, bei allen.

Nebenhandlung

Tobias war nach der Schule mit zu Daniel nach Hause gegangen. Frau Síth war einkaufen, Herr Síth war wie immer zu dieser Zeit noch bei der Arbeit. Fajé, Daniel und Tobias schmückten im Wohnzimmer den Weihnachtsbaum, denn es war nur noch eine knappe Woche bis Heiligabend.

Es klopfte laut an der Tür. Tobias und Daniel zogen gerade ein langes Band Lametta auseinander, deshalb sagte Daniel: „Geh du mal hin, Fajé."

Fajé flatterte hinaus in den Flur und die beiden Jungen hörten die Tür quietschen und spürten die Kälte, die hereinzog.

Plötzlich kreischte Fajé schrill: „Daniel! Tobias!"

Die beiden ließen das Lametta erschrocken fallen und rannten zur Haustür. Die Tür stand sperrangelweit offen. Fajé, nur mit Hausschuhen an den Füßen, stand im Vorgarten und vor Fajé stand …

… ein riesiger Drache!

Er war vier Meter lang (den Schwanz nicht mitgerechnet), hatte schwarz-braune Schuppen, lila Flügel, spitze, gebogene Hörner, spitze Zähne, drei kleine Zacken auf der Stirn, orange Augen und auf seinem Kopf saß eine rote Weihnachtsmannmütze.

Neben dem Drachen stand ein großer, dünner Junge, sein dichtes braunes Haar hing ihm in die Stirn. Seine Augen waren grau und unter dem linken verlief eine feine Narbe, wie eine Träne.

„Udo! Jonathan!", rief Daniel ungläubig. „Was macht ihr denn hier?"

„Überraschung!", rief Jonathan mit einiger Verspätung.

Sie gingen alle gemeinsam ins Haus. Nur Udo musste draußen im Garten bleiben, er hätte nie durch die Tür gepasst.

In der Küche kochte Daniel erst mal einen Tee für den unerwarteten Gast.

„Warum bist du nun hier?", fragte Daniel erneut.

„Darf man seine alten Freunde und Gefährten denn nicht mal besuchen?", fragte Jonathan und warf Tobias einen verschmitzten Blick zu. Tobias verschränkte die Arme vor der Brust und bedachte ihn mit einem abschätzigen Blick, eine Geste, die für ihn in Jonathans Nähe zur Gewohnheit geworden war.

„Und wo wir gerade bei Freunden sind", fuhr Jonathan fort, „Wo ist eigentlich Sara?"

Tobias' Miene wurde noch finsterer. „Nicht hier."

„Das ist mir auch schon aufgefallen", sagte Jonathan sarkastisch.

„Sie ist an der Wächter-Akademie der Síth", erklärte Daniel und reichte ihm die Tasse mit Tee.

„Na toll. Da reist man viele Hundert Kilometer auf einem Drachen und trifft dann anstatt eines hübschen Mädchens nur einen Fischkopf."

Tobias war kurz vor dem Explodieren, was in Jonathans Gegenwart eigentlich sein Normalzustand war.

„Wann kommt Sara wieder?"

„Nächstes Wochenende", antwortete Fajé.

„Aha." Jonathan stand auf und zog seine Jacke wieder an.

„Wohin willst du?", fragte Daniel.

„Weiter. Ich kann nicht so lange warten. Ich habe noch was anderes zu erledigen. Vielleicht komme ich in ein paar Tagen noch mal vorbei." Er ging hinaus und kurz darauf waren Jonathan und Udo wieder verschwunden.

Ausflug

Sara trödelte auf dem Rückweg zur Höhle ein wenig herum, alle anderen waren schon wieder drinnen im Warmen. Gerade war ihre Gedankenreisestunde zu Ende und Catarina war richtig zufrieden mit Sara gewesen und hatte sie sogar gelobt. Es war Sara gelungen, sich zu Catarina zu denken, ohne dass sie deren genauen Aufenthaltsort gekannt hatte.

Als sie mitten auf der Lichtung stand, landete plötzlich ein Drache vor ihr. Auf dem Drachenrücken saß ein Junge.

„Jo!", rief Sara überrascht.

Jonathan sprang von Udo hinunter und landete neben Sara im flachen Schnee.

„Schön, dich zu sehen, wenn es auch ziemlich unerwartet ist", sagte Sara.

„Ich war ja zuerst bei euch zu Hause, aber der Fischkopf und dein Bruder haben gesagt, dass du hier bist. Und weil diese komische Akademie auf keiner Karte verzeichnet ist, habe ich mich auch noch verflogen. Was machst du hier eigentlich?"

„Ich gehe zur Schule", antwortete Sara. „Würde dir vermutlich auch nicht schaden."

Jo grinste. „Ich bin schon längst mit der Schule fertig."

Anstatt etwas zu erwidern, ging Sara dichter zum Waldrand hin. „Auf der Lichtung stehen wir wie auf dem Präsentierteller. Ich glaube nicht, dass Catarina oder Meio erfreut wären, dich hier zu sehen", erklärte Sara.

„Also, was soll das hier für eine Schule sein, die mitten im Wald liegt?", fragte Jonathan.

„Eine Schule für Síth", sagte Sara.

„Ich dachte, du bist gar keine richtige Síth?"

„Bin ich auch nicht", sagte Sara.

„Und was machst du dann hier?"

„Das kann dir doch egal sein", sagte Sara etwas schroff. „Erklär mir lieber, was *du* hier zu suchen hast!"

„Dich besuchen, natürlich", sagte Jonathan beschwichtigend und seine Augen blitzten.

Sara lächelte wieder. „Hast du etwa das gefunden, was du gesucht hast?", fragte sie und bezog sich damit auf ihre Unterhaltung vor fast drei Monaten.

Jonathan verstand sofort, was sie meinte, und antwortete: „Noch nicht ganz, aber ich glaube, ich bin auf der richtigen Spur."

Eine Weile schwiegen sie. Sara hoffte sehr für ihn, dass er endlich die Wahrheit über seine Herkunft herausfand.

„Ich wollte dich einfach mal wieder sehen", fuhr Jonathan fort. „Es ist fast ein halbes Jahr her, seit wir uns das letzte Mal gesehen haben. Und wie ich feststellen musste, bist du immer noch mit diesem Fischkopf zusammen."

„Hey, hör auf, Tobias immer so zu nennen!", rief Sara, doch sie klang dabei nicht allzu streng. „Weißt du, was aus Kim geworden ist?"

„Nein", antwortete Jo. „Nicht wirklich. Nachdem ihr zu Hause angekommen wart, habe ich sie noch etwas weiter geflogen und sie dann auf ihren Wunsch hin irgendwo in der Prärie abgesetzt."

„Sie wird es doch schaffen, sich durchzuschlagen, oder?", fragte Sara bang.

„Natürlich. Sie ist schließlich Kim. Die weiß sich zu helfen. Hast du eigentlich diese Ratstypen noch mal getroffen?"

Sara zog eine Grimasse. „Ja. Sie haben mich zu meinem Geburtstag hierhergeschleppt." Ihr fielen plötzlich Ned und Yu-On ein. „Hier sind zwei Jungen, die auch total drachenbegeistert sind", erklärte Sara.

„Kann ich ihnen nicht verdenken", sagte Jonathan und warf einen Blick zu Udo hinüber.

„Die beiden würden sich wirklich freuen, dich kennenzulernen."

„Ich dachte, keiner deiner Leute darf mich hier sehen?", fragte Jonathan zweifelnd.

„Aber es wären doch nur Yu-On und Ned, keiner der Lehrer."

„Ne, lass mal. Ich muss sowieso bald weiter", wehrte Jo ab. „Aber wie wäre es mit einem kleinen Ausflug für dich?"

„Ich glaube, das ist keine so gute Idee. Wir dürfen die Akademie nicht verlassen, außer am Wochenende."

„Ach, komm schon! Es wird bestimmt niemand bemerken, wenn du weg bist."

Sara zögerte immer noch. Im Augenblick lief alles so gut. Catarina war zufrieden mit ihr, beim Gedankenlesen und Kämpfen machte sie große Fortschritte und sogar Geschichte wurde allmählich spannend. Doch die Verlockung, wieder schnell durch die Lüfte zu sausen, war zu groß.

„Aber nur kurz", willigte sie ein und Jo half ihr, auf den mit Schuppen besetzten Drachenrücken zu klettern. Keiner von beiden bemerkte die Gestalt, die gerade aus einer der Höhlen getreten war und sich nun schnell wieder unauffällig in die Schatten zurückzog.

Das Gefühl war wie immer herrlich. Der Wind pfiff um ihre Ohren, während Udo gleichmäßig mit den Flügeln schlug.

Die Zeit verging wortwörtlich wie im Flug, als sie über die Bäume hinwegglitten und Sara zum ersten Mal das volle Ausmaß des Waldes erkannte. Erst als die Sonne schon am Untergehen war, fiel Sara auf, wie spät es schon sein musste.

„Dreh um, Jo!", rief sie gegen den Wind. „Ich komme bestimmt schon zu spät zum Abendessen."

Jonathan nickte und gab Udo ein Zeichen zum Wenden.

Zwischenspiel

Die fünf Síth des Rates saßen in der Höhle an dem runden Tisch und aßen eine *Pizza Hawaii*.

„Warum musstet ihr ausgerechnet eine *Pizza Hawaii* bestellen?", fragte Eneroi und warf ein weiteres Stück Ananas zurück in den Karton. „Ich hasse Ananas!"

„Iss gefälligst wie ein Síth!", sagte Marates. „Du benimmst dich ja wie ein Schwein."

„Aber ich hasse nun mal Ananas."

Fularek beugte sich über den Tisch, um nach einem weiteren Stück Pizza zu greifen. Dabei streifte sein Blick die Schale mit klarem Wasser.

„Welcher Wochentag ist heute?", fragte er.

„Donnerstag", nuschelte Jaftalak. „Wieso fragst du?"

„Weil Nereida gerade mit einem Drachen und diesem Jungen, Jonathan Mohr, über den Boneswood fliegt."

„Was?", fragte Marates erschrocken und sah selbst in die Schüssel. Er musste erkennen, dass Fularek recht hatte.

„Verdammt! Ich muss Catarina Bescheid sagen", sagte Marates und griff nach seinem Umhang.

Strafe

Als Udo, Jonathan und Sara auf der Lichtung landeten, warteten Catarina und eines der Ratsmitglieder bereits auf sie. An der hochgewachsenen Gestalt unter dem Umhang erkannte Sara, dass es Marates war. Catarina kochte vor Wut.

„Was hast du dir dabei gedacht, einfach abzuhauen?! Und dann auch noch in den Boneswood!", schrie sie.

„Nichts. Ich habe mir nichts dabei gedacht", sagte Sara wahrheitsgemäß.

„Bitte, seien Sie nicht so streng mit ihr. Ich habe Sara dazu überredet, mitzukommen", verteidigte Jonathan sie.

Catarina redete nicht lange um den heißen Brei herum. „Ich habe dich beim letzten

Mal verwarnt. Du wirst über die Weihnachtsferien Arrest bekommen."

Sara erhob keine Einwände, es hätte sowieso nichts mehr gebracht zu diskutieren,
denn schließlich hatte Catarina recht. Marates
nickte Catarina kurz zu und „puffte" dann
weg.

„Geh jetzt", sagte Catarina an Jonathan
gewandt und führte Sara in die mittlere Höhle.

Alle anderen saßen schon an der Tafel
zum Abendessen und drehten sich neugierig
zu Catarina und Sara um, als diese hereinka-
men.

„Wo warst du?", fragte Lucienne, als sich
Sara setzte.

„Weg", entgegnete Sara schroff und ver-
schwendete nur kurz einen Gedanken daran,
ob einer von den anderen sie vielleicht verpfif-
fen hatte.

Der Freitag, der letzte Tag vor den Ferien, war für Sara die reinste Folter. Ned,
Lucienne und Ivar unterhielten sich die ganze

Zeit darüber, was sie Tolles in den Ferien mit ihren Familien unternehmen wollten.

Nach dem Nachmittagstee, bei dem Catarina wie üblich fehlte, packten alle ihre Taschen und Sara saß schwermütig auf ihrem Bett und sah den anderen beim Packen zu. Dabei fiel ihr auf, dass auch Gwen nur auf ihrem Bett lag und die Höhlendecke anstarrte, anstatt ihre Sachen zusammenzusuchen.

Sara ging zu ihr hinüber. „Fährst du nicht nach Hause?"

„Nein", sagte Gwen. „Ich bleibe auch immer übers Wochenende hier. Vater hat sowieso nie Zeit für mich oder Fynn. Er ist immer zu sehr mit seiner Arbeit beschäftigt."

„Wo arbeitet dein Vater?", fragte Sara.

Gwen drehte ihren Kopf zu Sara herum und sah sie jetzt direkt an. „Er ist einer der Obersten Wächter in Irland. An der Ostgrenze, in der Nähe von Dún Laoghaire."

„Dann war er auch auf der Wächter-Akademie?", fragte Sara.

„Natürlich. Dein Vater etwa nicht?"

„Nein."

„Als was arbeitet er dann?"

Sara zögerte etwas mit ihrer Antwort. „Er ist ein Bankangestellter, in Deutschland, wo wir wohnen."

Gwen hob eine Augenbraue. „Ich dachte, er wäre ein Síth?"

„Ist er auch. Ein Halbsíth. Meine Oma, seine Mutter, war eine richtige, reine Síth."

„Ach so." Bei Saras Gesichtsausdruck fügte Gwen hinzu: „Ist doch nicht schlimm. Ich bin nicht so eine Reinheitsfanatikerin wie Gerlis."

Sara lächelte schwach. „Gut." Und dann: „Also bleibt Fynn auch hier?"

„Ja. Und Yu-On auch."

„Warum?", fragte Sara.

„Keine Ahnung. Da musst du ihn schon selbst fragen."

Weil Sara ja sonst nichts zu tun hatte, verließ sie die Höhle und ging hinüber zu den Jungen. Natürlich waren nur noch Fynn und

Yu-On in der der Höhle, denn alle anderen waren schon weg.

„Hey, Sara!", begrüßte Yu-On sie. „Warum bist du noch hier? Die anderen wurden doch vorhin alle schon abgeholt."

Sara schnitt eine Grimasse. „Ich habe Arrest bekommen. Ich dachte, das hätte sich mittlerweile schon bei allen herumgesprochen."

„Was hast du angestellt?"

„Ich bin auf einem Drachen geflogen und hab das Schulgelände verlassen", antwortete Sara. „Und warum bist du hier?"

„Ich fahre nicht nach Hause. Mein Bruder ist nicht da, er muss arbeiten. Und meine Schwester ist auf einem Internat. Chinesen feiern kein Weihnachten, deshalb haben die beiden auch nicht frei."

Sara lief wieder in die andere Höhle, wo Gwen immer noch unverändert auf dem Bett lag.

„Meine Eltern werden sich bestimmt schon wundern, wo ich bleibe", fiel Sara ein.

„Dann musst du ihnen irgendwie Bescheid geben", sagte Gwen.

„Aber wie?"

„Woher soll ich das wissen?", sagte Gwen so abweisend wie sonst auch immer.

Sara dachte selbst nach, doch ihr fiel nichts ein.

„Du kannst doch ziemlich gut Gedankenreisen, oder?", fragte Gwen plötzlich.

„Ja, ich bin ganz gut. Wieso fragst du?"

„Weil du eine Gedankenreise zu ihnen machen kannst."

„Besser nicht", wehrte Sara ab. „Damit hat der ganze Ärger hier doch eigentlich erst angefangen."

„Ich pass auch auf, dass niemand kommt, solange du unterwegs bist", versprach Gwen. Sara nickte und begann, fest an Daniel zu denken …

… Dann stand sie auch schon in seinem Zimmer.

„Was machst du denn schon wieder in dieser Aufmachung hier?", fragte Daniel überrascht, sobald er sie entdeckt hatte.

„Ich kann nicht über die Ferien nach Hause kommen", erklärte Sara rasch.

„Warum?"

„Ich habe wieder Mist gebaut. Ich erklär es dir nächstes Wochenende. Ich muss zurück, bevor jemand bemerkt, dass ich wieder weg bin."

Und ehe Daniel noch etwas fragen konnte, war Sara auch schon wieder verschwunden.

„Hat alles geklappt?", fragte Gwen.

„Ja. Und war hier alles okay?"

„Ja. Catarina kam nur kurz rein."

Sara riss erschrocken die Augen auf.

„Keine Panik", beruhigte Gwen sie. „Ich hab ihr gesagt, du würdest schlafen."

Die nächsten Tage über saß Sara in der Höhle auf ihrem Bett und las in Daniels Büchern. Ein paar Mal ging sie auch mit Gwen hinüber zu den Jungs zum Kartenspielen. Und dann war Heiligabend.

Die vier Kinder und Meio, Loy und Iba saßen diesmal alle gemeinsam an einem Tisch beim Essen. Catarina glänzte durch ihre Abwesenheit. Nach dem Essen kamen Yu-On und Fynn mit in die Mädchenhöhle, wo die Kinder ihre eigene kleine Weihnachtsfeier veranstalteten mit Plätzchen, die Gwens und Fynns Vater ihnen geschickt hatte, und sie unterhielten sich noch bis in den späten Abend hinein, ehe sie zu Bett gingen.

Klitzekleines Zwischenspiel

Die Höhle der Síth war an diesem Abend verlassen. Marates feierte natürlich mit seiner Familie. Auch Jaftalak war zu Hause bei seiner Frau. Estejek verbrachte den Abend mit seiner Freundin und Eneroi und Fularek waren gemeinsam auf den Weihnachtsmarkt gegangen, wo sie vermutlich gerade Glühwein tranken.

Nebenhandlung

Tobias war alleine zu Hause. Das erste Weihnachten, das er und Dirk wirklich als Vater und Sohn gefeiert hätten, und gerade heute Abend musste sein Vater Überstunden machen! Doch bald würde er endlich nach Hause kommen. Tobias hatte den Weihnachtsbaum geschmückt und die Geschenke für seinen Vater schon daruntergelegt.

Daniel hatte Tobias gesagt, dass Sara in der Akademie bleiben musste. Das konnte nur etwas mit Jonathan zu tun haben. Kaum war er da, schon steckte Sara in Problemen!

Es klingelte an der Tür. Na endlich! Tobias ging schnell durch den Flur und öffnete die Haustür. Doch dort stand gar nicht Dirk Necker.

Es war Norman, Tobias' Onkel. Sein Onkel, der gedroht hatte, Dirk umzubringen.

Tobias wollte die Tür wieder zuschlagen, doch es war bereits zu spät. Norman hatte seinen Fuß in den Türrahmen gestellt und trat ein.

„Wo ist Dirk?", fragte er schroff.

„Nicht hier", sagte Tobias. „Was willst du von ihm?"

„Von ihm will ich nichts. Ich bin aus demselben Grund hier wie beim letzten Mal. Ich will, dass du mit mir kommst."

In diesem Moment rasselte vor der Haustür ein Schlüsselbund, das Schloss klickte und die Tür schwang auf. Dirk betrat das Haus und als er Tobias neben seinem Bruder erblickte, weiteten sich seine Augen vor Schreck.

„Norman!? Was willst du hier?"

„Tobias holen", antwortete Norman knapp.

„Hast du noch nicht aufgegeben?", fragte Tobias. „Ich habe dir gesagt, dass ich nicht mitkommen werde. Und was willst du überhaupt noch von mir? Du hasst Menschen wie Dirk. Und mich."

„Ich hasse dich nicht. Wie könnte ich meinen einzigen noch lebenden Verwandten hassen? Den Sohn meiner geliebten Schwester?", fragte Norman, als sei es das Absurdeste der Welt.

„Das sah vor Kurzem aber noch ganz anders aus", warf Dirk ein.

Norman ging nicht darauf ein, sondern fuhr fort: „Du wirst mit mir kommen. Und wenn dein grandioser Vater sich traut und versucht, mich aufzuhalten, werde ich mein Versprechen vom letzten Mal wahr machen." Allen war klar, dass er damit meinte, Dirk umzubringen.

„Du wirst Papa nichts tun!", rief Tobias.

„Dann komm mit mir!"

Tobias zögerte, dann ging er aus dem Haus und Norman folgte ihm, nachdem er Dirk noch einen überlegenen und überheblichen Blick zugeworfen hatte.

Mit Normans Auto fuhren sie immer weiter Richtung Norden. Über ihnen brauten sich dunkle Wolken zusammen und heftiger Wind zog herauf.

Als Norman schließlich das Auto parkte und sie ausstiegen, hatte es von Neuem zu schneien begonnen. Norman führte Tobias einen Pfad entlang, der sie an das Ufer eines breiten Flusses führte. Trotz der Kälte war das Wasser nicht gefroren, weil die Strömung zu stark war.

Hätte ein zufälliger Beobachter die beiden so stehen gesehen, wie der Wind ihre blondgrünen Locken durcheinanderwehte, hätte man sie tatsächlich für Vater und Sohn halten können.

„Spring rein", befahl Norman.

„Was?", fragte Tobias.

„Du sollst reinspringen. Ins Wasser", sagte er, den Kopf schüttelnd über solche Unwissenheit. Doch dann sprach er wieder freundlich weiter: „Ich weiß, dass das erst mal noch ungewohnt für dich ist, so lange, wie dich dieser Dirk vom Wasser ferngehalten hat, aber bald werden deine Kiemen wieder wachsen."

„Ich werde nicht ins Wasser gehen", widersprach Tobias.

„Wieso nicht?"

„Ich bin kein Necker", sagte Tobias knapp.

„Doch, natürlich! Mein Vater, dein Großvater, war auch ein Necker. Wieso solltest du keiner sein?"

„Ich bin einfach nicht der, zu dem du mich machen willst. Ich will kein Necker sein. Ich will einfach nur ein Mensch und ein Kind sein, so wie ich bin", sagte Tobias, so ruhig wie sonst kaum.

„Aber du bist ein Necker, du kannst es nicht leugnen. Und du hast gesagt, dass du mit mir kommen wirst!"

„Ich habe gar nichts gesagt. Ich wollte nur Dirk beschützen." Mit diesen Worten wurde der Wind noch stärker und eisiger. Der Fluss schlug hohe Wellen und Wasser schwappte über das Ufer.

„Du kannst es nicht leugnen!", wiederholte Norman aufgebracht. „Du brauchst dich nur umzusehen, um das festzustellen. Du kochst vor Wut und der Fluss tobt mit dir! Einen anderen Beweis braucht es nicht."

Tobias antwortete nicht. Er kniff die Augen zusammen, ballte die Hände zu Fäusten und eine gewaltige Flutwelle schoss aus dem Fluss und riss Tobias' Onkel mit sich. Mit den Armen rudernd versuchte Norman, sich über Wasser zu halten, während er davontrieb. Tobias schloss die Augen vollends und ein Strudel sog Norman unter Wasser. Blasen stiegen auf, als sich die Oberfläche des Flusses wieder glättete.

Tobias öffnete die Augen wieder. Von Norman war weit und breit nichts mehr zu sehen.

Der Schnee fiel wieder weniger dicht. Der Wind hörte auf, so schneidend zu wehen. Irgendwo schlug eine Kirchturmuhr Mitternacht.

„Frohe Weihnachten", flüsterte Tobias. Trotz des leisen Tons, den er anschlug, spie er die Worte aus.

Dann tat er etwas, was er noch nie zuvor getan hatte, einfach, weil er sich nicht hatte eingestehen wollen, dass er es tun konnte. Er konzentrierte sich fest und einen Augenblick später stand an seiner Stelle ein Hengst am Flussufer. Das Pferd hatte die Fellfarbe eines Palominos, doch die Mähne und der Schweif waren von grünen Strähnen durchzogen und seine Augen waren dunkelblau, wie das Meer bei Nacht.

In dieser Gestalt galoppierte Tobias nach Hause und dabei wurde ihm eines ganz deutlich klar: Norman hatte recht gehabt. Er, Tobias, war ein Necker und er konnte nichts dagegen tun. Und vielleicht wollte er gar nichts mehr dagegen tun.

Tobias klingelte an der Haustür und sein Vater öffnete ihm.

„Wo ist Norman?", fragte Dirk.

„Weg. Er wird dich nie wieder belästigen", sagte Tobias und ging auf sein Zimmer. Sein Vater würde ihn nicht verstehen. Würde nicht verstehen, wie es war, sich in ein Tier zu verwandeln oder jemanden umzubringen. Dirk war ein Mensch und Tobias ein Necker. Das würde sie immer voneinander trennen.

Und Tobias wurde noch etwas über sich selbst klar: Er war nicht besser als Norman. Denn nicht Norman, sondern Tobias hatte einen Menschen getötet.

Weihnachten

Als Sara am nächsten Morgen früh aufwachte, erblickte sie mehrere Päckchen, die auf ihrer Holztruhe lagen. Natürlich, heute war Weihnachten! Auch auf Gwens Truhe lagen Geschenke.

„Hey, aufstehen!", rief Sara fröhlich quer durch den Raum. Gwen öffnete die Augen und blinzelte verschlafen zu ihr hinüber.

„Was is'?", nuschelte sie.

Sara verdrehte die Augen und zeigte auf Gwens Truhe. Dann kroch sie an ihr Bettende und begann, das Papier aufzureißen. In dem ersten Paket waren ein neues Buch und eine Karte von Daniel. Im nächsten waren ein verzierter Ledergürtel und eine Schwertscheide, passgenau für ihr Schwert. Auch Gwen hatte einen solchen Gürtel bekommen.

Nachdem sie alle Geschenke geöffnet hatten, gingen sie in die große Mittelhöhle zum Frühstück. Fynn und Yu-On trugen auch jeweils einen neuen Gürtel.

Dann kehrte Sara zurück in die Mädchenhöhle und begann, in Daniels Buch zu lesen.

So verbrachte Sara auch die restlichen Tage, bis die anderen zurückkamen und der übliche Unterricht weiterging. Beim Kampfunterricht trugen alle ihre Schwerter am Gürtel und Loy erklärte, dass sie ihre Waffen ab sofort immer bei sich tragen sollten.

Dann war auch diese Woche vorbei und die beiden Síth kamen, um Sara nach Hause zu bringen.

Sara hatte damit gerechnet, dass Tobias sie schon erwartete, doch er war nicht da und Daniel erzählte, dass er auch die gesamten Weihnachtsferien über nicht mehr zu Besuch gekommen war.

So machte Sara sich auf den Weg zu Tobias nach Hause. Dirk öffnete ihr die Tür und winkte sie ohne ein Wort ins Haus. Sara mochte Dirk nicht. Dieser Mann würde für sie immer ein Rätsel sein. Wie konnte ein Vater seinen eigenen Sohn vierzehn Jahre lang anlügen?

Sara stieg die Treppe hinauf zu Tobias' Zimmer. Durch eine nur angelehnte Tür drang leise, beruhigende Harfenmusik und Sara trat ein. Tobias stützte sich mit den Ellenbogen auf seinen Knien ab und saß vor einem Tisch, auf dem ein CD-Rekorder stand und die Musik abspielte. Seinen Kopf hatte er auf die Hände gebettet.

„Ähäm", räusperte sich Sara und Tobias fuhr erschrocken zu ihr herum.

„Hey, Sara. Was willst du denn hier?"

„Ich wollte dich nur mal besuchen", antwortete Sara.

„Schöne Ferien gehabt?"

„Es ging", sagte Sara. „Es war nicht so schlimm, wie ich gedacht hatte."

Tobias stand langsam auf.

„Und wie war es bei dir?", fragte Sara.

Tobias kam auf sie zu, bis er nur noch wenige Zentimeter von Sara entfernt war. In Saras Bauch kribbelte es merkwürdig.

Tobias hob langsam und unschlüssig eine Hand, bis zu ihrer Stirn, als wolle er die Haarsträhne beiseiteschieben, die Sara immer ins Gesicht hing. Doch er tat nichts, ließ die Hand wieder sinken und wandte ihr plötzlich den Rücken zu.

„Es war nicht so gut", sagte er unvermittelt.

„Was?", fragte Sara verwirrt.

„Meine Ferien", entgegnete er und ein gereizter Unterton schwang in seiner Stimme mit. „Sie waren nicht so gut. Sie waren schlecht."

Er drehte sich wieder zu Sara herum und blickte ihr in die Augen. Sara erkannte in ihnen Tobias' aufgewühlte Gefühle. Der Junge wandte den Blick schnell wieder ab und ließ ihn hektisch durch den Raum wandern. Dann sagte er schnell: „Ich habe Norman getötet. Ich habe ihn umgebracht."

„Was?", fragte Sara entsetzt.

„Du hast mich ganz genau verstanden!", fuhr Tobias sie an. „Er war wieder hier. Er wollte Dirk umbringen. Und ich habe die Beherrschung verloren und ihn im Fluss ertränkt."

Sara atmete schwer. „Du hast die Beherrschung verloren?! So kann man das vielleicht nennen, wenn du jemanden verprügelst, aber ein Mord?"

„Was hätte ich anderes tun sollen?"

„Du hättest es mit ihm vernünftig klären müssen!"

„Ich soll etwas vernünftig klären mit einem Mann, der verrückt ist und meinen Vater umbringen wollte?!", schrie Tobias.

„Es hätte sich schon eine Möglichkeit ergeben …"

„Ach ja? Genauso wie es eine Möglichkeit gab, der Akademie zu entkommen?"

„Was hat das denn damit zu tun?", fragte Sara verwirrt.

„Du bist nur noch an den Wochenenden da und dann schwärmst du von deiner tollen Schule. Du erzählst von nichts anderem mehr!"

„Jetzt übertreibst du aber! Ich bin dort nicht freiwillig hingegangen. Der Rat hat mich gezwungen."

„Der Rat, der Rat!", äffte Tobias sie nach.

„Es ist jetzt eben anders. Die Zeiten ändern sich. Immer und immer wieder!"

„Oh nein. Die Zeiten ändern sich nicht. Sie sind immer noch so wie früher. Es geht immer noch nur ums Überleben. Darum, dass wir uns durchschlagen. Nur du hast dich verändert. Früher hättest du mich verstanden. Auch wenn ich jemanden umgebracht hätte."

„Ja, vielleicht habe ich mich verändert. Aber du auch. Du ermordest Menschen, nur weil du dich nicht beherrschen kannst!"

„Ich bringe jeden gegen mich auf", sagte Tobias und jetzt klang er nur noch verzweifelt. „Meine Familie ist kaputt. Meine Mutter ist tot. Den Mann, den ich jahrelang für meinen Vater hielt, habe ich selbst umgebracht und meinen richtigen Vater spreche ich immer noch mit ‚Onkel Dirk' an. Und jetzt fängst du auch noch an!"

Sara setzte zu sprechen an, doch Tobias unterbrach sie gleich wieder. „Ich weiß selbst, dass es falsch war, doch ich kann es nicht mehr ändern! Du kannst dir deine Vorwürfe also sparen!"

Die CD im Rekorder surrte leise, als sie zu Ende gespielt hatte, und Tobias fuhr wieder herum, stützte sich auf dem Fensterbrett ab und starrte hinaus in den Schneesturm draußen.

Sara verließ leise den Raum, stieg die Treppe hinunter und schlich aus dem Haus. Sara wusste, dass Tobias sie von seinem Zimmerfenster aus sehen konnte, deshalb drehte sie sich nicht noch einmal um, sondern ging direkt nach Hause, während der Schnee um ihr Gesicht peitschte.

Am Sonntag, kurz bevor die Síth sie abholen kamen, erklärte Sara ihren Eltern, dass sie über die Wochenenden nicht mehr nach Hause kommen wollte. Als Begründung gab sie die bevorstehenden Prüfungen an, für die sie lernen musste. Sie verschwieg, dass es bis zu den Prüfungen, die Ende Frühling waren, noch lange hin war.

Prüfungen

Die Schule ging ihren gewohnten Gang und Sara blieb nun immer in der Akademie, um Tobias aus dem Weg zu gehen. Eines Abends, als sie traurig Tobias' Schneekugel betrachtet hatte, war ihr jedoch aufgefallen, dass sich in dem Glas ein langer Riss befand. Er war nicht tief genug, dass Wasser hätte ausströmen können, aber deutlich sichtbar. Sara konnte sich nicht daran erinnern, die Kugel jemals fallen gelassen zu haben, aber wie sonst hätte der Riss entstehen können?

Bei dem Gedanken an Tobias und dass er recht gehabt hatte, weil sie wirklich immer mehr Zeit in der Akademie verbrachte, zog sich ihr Magen zusammen und sie spürte eine leise Wut in sich aufsteigen.

Wie hatte sie nur vor Kurzem noch so etwas wie Zuneigung zu ihm verspüren können, wenn man bedachte, wie schnell sie sich zerstritten hatten?

Gerade als Sara die Spieluhr zurück in den Rucksack stopfen wollte, entdeckte sie, dass sich der Riss im Glas um einige Millimeter erweitert hatte. Es schien unmöglich, doch so war es. Mit jedem Fünkchen Wut, das sie für Tobias verspürte, zog sich der Riss über den Glaskörper länger.

Tatsächlich kam der Frühling auch dieses Jahr und die Prüfungen begannen. Die Woche verlief fast wie beim Unterricht.

Am Montag schrieben sie die Prüfung für Geschichte. Jeder erhielt einen Aufgabenbogen, bei dem fast alle Themen berücksichtigt wurden, die sie behandelt hatten. Herkunft der Síth, Verbreitung, Kennzeichen, Berühmtheiten. Auch die magischen Geschöpfe kamen dran: Einhörner, Drachen, Hippogryphen, aber auch Nixen, Zyklopen und Zentauren.

Am Dienstag war die Prüfung in zwei Teile geteilt. Am Vormittag ließ Loy sie gegeneinander kämpfen und machte sich dabei Notizen über ihre Technik und Geschicklichkeit. Am Nachmittag, als die Sonne höher stand, saßen sie in dem Klassenzimmer und mussten verschiedene Taktiken erklären und berühmte Schlachten nennen.

Bis jetzt hatte Sara ein gutes Gefühl und glaubte, in allen Prüfungen bestanden zu haben.

Am Mittwoch war schließlich die Prüfung im Gedankenreisen, für die sich alle im Wald trafen. Wie schon im Unterricht mussten sie sich zu Catarina denken. Außerdem mussten sie ihre Künste im Teleportieren, im „Wegpuffen", unter Beweis stellen. Das Gedankenreisen gelang Sara tadellos. Doch beim Teleportieren landete sie einen Meter neben dem vorgeschriebenen Platz. Aber als alle gehen durften, zwinkerte Catarina Sara aufmunternd zu, weshalb sie sich auch hier noch Chancen auf ein „Bestanden" ausrechnete.

Alle anderen waren schon wieder in ihren Höhlen verschwunden, um sich auf die morgige und letzte Prüfung vorzubereiten, als Sara über die Lichtung schlenderte und die Wärme der Sonne genoss.

Mit einem Mal vernahm sie einen Hufschlag. Sie sah sich suchend um und merkte schließlich, dass das Geräusch aus dem Wald kam. Dann hörte sie Zweige knacken und sah, wie ein großes Geschöpf durch die Bäume brach und direkt auf sie zu donnerte. Wenige Meter vor ihr blieb das Wesen stehen. Es war ein Pferd. Ein junger Hengst mit hellem Fell und grünlicher Mähne. Eine Weile blickte das Pferd sie einfach nur an und Sara glaubte, etwas in seinen Augen wiederzuerkennen. Diese blauen Augen …

„Tobias?", fragte sie ungläubig.

Das Pferd verwandelte sich und im nächsten Augenblick stand Tobias in seiner gewohnten Gestalt vor ihr.

„Was machst du denn hier? Und als Pferd?"

„Ich wollte dich nur mal besuchen", sagte Tobias. Das Sanfte in seiner Stimme und seinen Augen war wieder zurückgekehrt, aber trotzdem versetzten die Worte Sara einen schmerzlichen Stich.

Doch er fuhr gleich fort: „Beim letzten Mal habe ich viele Sachen zu dir gesagt, die ich nicht so meinte."

„Du hast sie genauso gemeint, wie du sie sagtest", entgegnete Sara.

Tobias sah kurz hinauf in den Himmel. „Damals meinte ich es vielleicht so, aber jetzt nicht mehr. Ich möchte mich dafür entschuldigen."

„Ich mich auch. Bei manchem hattest du vielleicht auch recht."

Tobias trat näher auf sie zu. „Also, vergeben und vergessen?"

„Ja. Vergeben und vergessen!"

Es schien alles wieder gut zu sein. Mindestens so gut wie in der Zeit vor ihrem Streit.

Plötzlich schien es Sara, als habe sie ein Déjà-vu. Wieder kam Tobias auf sie zu. Wieder hob er langsam seine Hand. Er strich ihr die dicke, gelockte Strähne aus dem Gesicht. Sein Gesicht kam ihrem noch näher und gerade als sich ihre Lippen berühren wollten, räusperte sich jemand neben ihnen. Sara und Tobias fuhren erschrocken auseinander. Saras Gesicht färbte sich glutrot, als sie Catarina erblickte.

Sara machte sich schon innerlich auf eine der üblichen Standpauken gefasst, doch Catarina lächelte.

„Seid ihr nicht noch ein bisschen zu jung für so was?", fragte sie und ohne eine Erwiderung abzuwarten, fuhr sie zu Tobias gewandt fort: „Und es wäre besser, wenn du von hier verschwindest, bevor dich noch jemand bemerkt."

Tobias nickte und dann preschte das Pferd davon.

„Danke", sagte Sara zu ihrer Lehrerin, doch Catarina erwiderte nichts und verschwand schon wieder in der Höhle. Auch Sara ging in die Höhle, beschwingt, aber nicht ganz sicher, was sie von der ganzen Situation gerade eben halten sollte.

Am Donnerstag mussten sie ihre letzte Prüfung absolvieren. Im ersten Teil sollten sie Ibas Gedanken lesen und im zweiten Teil sich vor ihrem Eindringen in die Gedanken schützen. Dann waren die Prüfungen beendet und alle warteten gespannt und aufgeregt auf die Ergebnisse, die am nächsten Tag bekannt gegeben werden sollten.

Bis zum Nachmittag am Freitag mussten sie sich aber noch gedulden. Dann ließ Catarina alle Schüler auf der Lichtung versammeln. Sara musste feststellen, dass auch der gesamte Rat anwesend war, die vermummten Gestalten standen in einer Reihe neben den vier Lehrern.

„Ich darf euch mitteilen, dass alle die Prüfung bestanden haben", leitete Catarina ein. Dann verlas sie die genauen Ergebnisse von einer Liste. „Lucienne hat ein *Gut* erhalten", las sie vor. „Das Gedankenlesen solltest

du unbedingt noch mal üben. Ivar hat ebenfalls ein *Gut*. Gerlis hat ein *Sehr gut* erhalten,
Ned hat *Gut*. Gwen und Fynn schließen beide
mit einem *Sehr gut* ab. Yu-On hat ein *Gut* und
Nereida ein *Sehr gut* bekommen."

Sara atmete erleichtert auf.

Meio überreichte jedem sein Zeugnis
und Sara stellte fest, dass sie in „Gedankenreisen und Teleportieren" die höchste Punktzahl
auf ihrem Zeugnis bekommen hatte. Als
nächstes gab Iba noch jedem eine Bescheini-
gung, dass sie offiziell teleportieren durften.

Danach trat der Rat vor. Sie überreichten
jedem ein kleines, glänzendes Abzeichen, einen Anstecker mit einer verschlungenen kelti-
schen Rune. Als Marates persönlich Sara ein
Abzeichen an ihren Umhang heftete, nickte er
ihr kaum merklich zu. Sara glaubte sogar, dass
er gelächelt hatte, aber vermutlich hatten ihr
ihre Augen nur einen Streich gespielt, denn
Marates' Mund, das Einzige von seinem Gesicht, das man überhaupt erkennen konnte,
war in tiefe Schatten gehüllt.

Die Lehrer und Síth vom Rat verbeugten sich vor ihren Nachwuchswächtern und Catarina sprach die letzten Worte zu ihnen: „Ihr seid jetzt Wächter der Síth. Sobald ihr volljährig seid, könnt ihr uns freiwillig als vollwertige Wächter unterstützen. Wenn der Rat eure Hilfe benötigt, müsst ihr seinen Anweisungen folgen."

Dann waren sie entlassen. Als danach alle durcheinander wuselten, befand sich Sara für einen kurzen Moment neben Catarina und diese flüsterte ihr ins Ohr: „Gut gemacht."

Lächelnd ging Sara in die Höhle, um ihren Rucksack zu holen. Die erwachsenen Wächter waren schon gekommen, um sie ein letztes Mal abzuholen. In der Höhle verabschiedete sich Sara von Lucienne und umarmte Gwen.

„Wir sehen uns dann im Sommer, beim Síth-Treffen", sagte das rothaarige Mädchen.

„Hoffentlich. Ich muss noch mit meinen Eltern darüber sprechen", antwortete Sara.

Draußen konnte Sara Yu-On und Ned nur noch ein schnelles „Tschüss" zuwerfen, weil die beiden schon losmussten. Sara ging hinüber zu ihren beiden Begleitern.

„Glückwunsch!", sagte die Frau und lächelte. Der Mann sah noch niedergeschlagener aus als sonst und warf mehrfach einen unruhigen Blick zum Rat hinüber. Die Frau griff nach Saras Hand und dann war sie wieder zu Hause.

Nachspiel

– In der Pine Street 25 –

„Deine Entscheidung war schließlich doch richtig", sagte Catarina.

„Ja, obwohl ich es selbst noch kaum glauben kann. Ich hatte Glück, dass alles glatt lief", sagte Marates.

„Und doch hat sie es geschafft."

„Auch dank dir. Du warst eine gute Lehrerin für Nereida. Wenn nicht sogar fast eine sehr gute Lehrerin."

Catarina gab Marates einen Klaps auf den Hinterkopf und schmunzelte leicht.

„Ja, diesmal ist zum Glück alles gut gegangen", murmelte sie. Dann fiel ihr plötzlich etwas ein. „Welche Síth waren eigentlich Nereidas Begleiter?"

„Sie hatte nur einen. Ich hatte Yolanda für sie ausgesucht", antwortete Marates.

„Seltsam", sagte Catarina. „Yolanda habe ich gesehen, aber bei ihr war ein Mann, den ich nicht kannte, und der kein Wächter war."

„Keine Ahnung. Mir ist nichts aufgefallen", sagte Marates gleichgültig. „Jetzt müssen wir unsere Zeit vor allem wieder dem Síth-Treffen zuwenden. Vieles ist noch vorzubereiten."

Personenverzeichnis

Der Rat:
- Marates
- Jaftalak (Jaf)
- Estejek (Jek)
- Eneroi (Roi)
- Fularek (Rik)

Die Lehrer:
- Catarina
- Meio
- Loy
- Iba

Die Schüler:

- Sara Feé Nereida
- Gerlis
- Lucienne
- Gwen
- Ivar
- Ned
- Fynn
- Yu-On

Die anderen:

- Tobias Necker
- Daniel Síth
- Fajé Síth
- Herr und Frau Síth
- Jonathan (Jo) Mohr
- Udo

Die 13-jährige Sara muss sich in der neuen Schule durchschlagen, sich gegen die Hänseleien ihrer Mitschüler wehren und nebenbei ein großes Familiengeheimnis bewahren. Keiner darf erfahren, dass sie eine schottische Elbe ist.

„Ich heiße Daniel und das ist meine Schwester Sara. Doch sag mir, wer du bist!" Man sollte immer höflich mit dem Geist reden, auch das stand im Handbuch der Geisterbeschwörung für Einsteiger.

„Okay, okay", sagte die Stimme. „Ihr könnt auch ganz normal mit mir sprechen und ihr braucht dabei auch nicht Händchen zu halten."

Sara und Daniel sahen sich verdutzt an und ließen dann die Hände sinken.

„Gut", sagte Sara. „Und wie heißt du nun?"

Ein leichtes Flimmern erschien in der Luft, dann stand eine weiße durchscheinende Gestalt vor ihnen. Die Gestalt sah aus wie ein schon etwas älteres Mädchen, bestimmt 16 Jahre alt.

„Ich heiße Elisabeth", sagte das Gespenstermädchen.

„Warum bist du tot?", fragte Sara sogleich.

„Hey, so etwas fragt man nicht!", belehrte Daniel sie.

„Ihr könnt mich alles fragen", sagte Elisabeth. „Aber ich werde nicht immer antworten."

Bernicia Schröder: Sara Síth

Band 1 der Reihe um die Abenteuer von Sara Síth

Durch die neu gewonnene Freundschaft fällt der 13-jährigen Sara die Schule nicht mehr ganz so schwer. Sie freut sich schon auf die gemeinsamen Ferien. Mit ihren Geschwistern und Freunden will sie durch die Berge wandern. Aber ein schrecklicher Unfall bringt alles durcheinander.

„Ich will von hier weg." Sara war hinter ihren Bruder getreten, ihren gepackten Rucksack schon auf den Schultern.

Tobias stand auf und nickte: „Wir können nichts anderes tun als nach Hause zu fahren und deinen Eltern alles zu erzählen. Aber wir müssen bis morgen früh warten, heute Abend fährt kein Zug mehr."

„Wir könnten zurück zu dem kleinen Dorf gehen, wo wir heute Mittag vorbeikamen. Dort war ein Gasthaus, dort können wir übernachten", sagte Daniel. Sie bauten die Zelte wieder ab und gingen zurück.

Im Gasthaus brannte noch Licht. Die Umrisse von Gästen, die darin saßen, waren durch die Fenster zu erkennen.

Tobias öffnete die Tür und wollte eintreten, hielt dann aber abrupt wieder inne. Vor ihm im Eingang stand ein Mädchen, dessen langer schwarzer Pony bis über ihre Augen reichte. Sie trug einen schwarzen Pullover und einen schwarzen Rock.

„Ich habe auf euch gewartet.", sagte sie.

Bernicia Schröder: Sara Sîth – Die Reisenden

Band 2 der Reihe um die Abenteuer von Sara Sîth

Sara freut sich, dass sie auf dem Síth-Treffen ihre Freunde von der Wächter-Akademie wiedersieht. Danach wollen sie, ihr Bruder und ihr Freund den geheimnisvollen Jonathan besuchen. Jo verspricht, das Geheimnis um seine Herkunft zu lüften.

Sara Síth rannte in ihrem Zimmer aufgeregt hin und her. Dabei murmelte sie hektisch vor sich hin: „Wo hab ich ihn hingelegt? Wo kann er nur sein?"

Daniel betrat das Zimmer und sah ihr eine Weile belustigt zu, ehe er „Schon fertig mit Packen?" fragte.

„Nein!", fuhr Sara ihn schroff an. „Ich finde den Brief nicht mehr. Ich muss ihn hier irgendwo hingelegt haben."

„Schau doch mal in deiner Jackentasche nach", schlug Daniel vor.

„Dort kann er gar nicht sein."

„Schau nach!", sagte Daniel erneut.

Sara ging hinüber zum Jackenhaken, fuhr mit der Hand in die Tasche und holte den etwas zerknitterten Briefumschlag heraus. Daniel grinste zufrieden.

„Woher wusstest du, dass er dort ist?", fragte Sara.

„Ich wusste es nicht", erwiderte ihr Bruder und grinste noch breiter. „Aber nachdem der Brief hier ankam, hast du ihn dauernd mit dir herumgeschleppt."

Bernicia Schröder: Sara Síth – Der Lumpenkönig

Band 4 der Reihe um die Abenteuer von Sara Síth